KB016536

미지를 위한 루바토

미지를 위한 루바토

1판 1쇄 펴냄 2022년 11월 1일
1판 2쇄 펴냄 2023년 6월 16일

지은이 김선오
펴낸이 손문경
펴낸곳 아침달

편집 송승언, 서윤후
디자인 정유경, 한유미

출판등록 제2013-000289호
주소 03980 서울시 마포구 성미산로 153-16, 2층
전화 02-3446-5238   팩스 02-3446-5208
전자우편 achimdalbooks@gmail.com

미지를 위한 루바토

김선오 산문집

아침달

악보에서 루바토^{rubato}는 시간을 훔친다는 의미를 갖는다.
템포 루바토에서 연주자는 기존 템포에 얽매이지 않고
자유롭게 연주할 수 있다.

1부

사실 나는,

시인이 별로 되고 싶지 않았다. 현대시에 매혹되어 닥치는 대로 시집을 집어 읽었던 고등학생 시절에도, 시가 무엇인지도 모른 채 처음으로 글자를 적어 내려갔던 순간에도 시인은 되고 싶지 않았다. 나는 내가 시를 좋아한다는 사실이 부끄러웠다. 문학소녀, 문학소년, 그런 말들은 특히 싫었다. 친구들에게도 내가 시를 쓴다는 사실을 말하지 않았다. 야자 시간에는 공부를 하는 척하며 교과서에 실린 한용운과 백석의 시를 필사했다. 아름다워서 울 것 같았지만 비밀이었다.

시는 몰래 쓰는 것이었다. 청소년 문학 캠프에서 만난 몇 명의 친구들에게도 시인 같은 건 되고 싶지 않다고 말했다. 열여덟 살 즈음 청소년 문예지 두어 곳에 몇 편의 시가 실리기도 했지만(다시 보니 최근 시보다 분명 나은 구석이 있다……) 가족을 제외하고는 누구에게도 알리지 않았다. 가끔 나의 시를 읽어주었던 문학 선생님에게도 이 사실은 비밀로 했다. 왠지 그가 나를 시인이라고 부를 것 같았기 때문이었다. 그렇게 불리고 싶지는 않았다.

그렇다고 딱히 특별한 장래희망이 있었던 것도 아니다. 나는 나의 미래가 잘 상상되지 않았다. 학교에 잘 적응하지 못했듯 사회에도 적응하지 못할 것이라 생각했다. 대충 먹고살 수 있으면 그만이었다. 사실 살지 못해도 그만이었다. 음악이나 미술을 좋아했기에 예술을 한다면 그쪽 장르를 하고 싶었지만 내겐 별다른 재능이 없었다. 그러나 몸으로 하는 것. 세상을 직접 대면하는 것. 그 일이 내게 더 멋져 보였던 것은 분명하다. 열아홉 살에는 문예창작학과에 합격했지만 진학하지 않았다.

그러니까 가만히 앉아 머리를 쓰는 것. 세상 속에 섞여 들어가는 것이 아니라 언어라는 매체를 경유하는 것. 표상된 세계에 헌신하는 것. 글쓰기의 이러한 특성들이 너무나 나약하고 허망하게 느껴졌던 것이다. "너는 고개를 숙여 글을 쓰지만, 하늘은 네 두 눈에 담겨 있다"[1] 이런 말들이 내게는 그리 멋지게 들리지 않았다. 하늘은 고개만 들면 있었다. 나는 고개 숙여 글 쓰는 일을 너무 사랑했지만 그러한 사랑은 고개를 들면 하늘이 존재하기 때문에 가능한 것이라 생각했다. 이승훈 시인은 "시는 놀이의 세계에 지나지 않는다"[2]라고 말했다지만…… 그런데 이 언어 놀이에는 룰이 있어야 하고, 특별한 놀이를 하면 상도 주고 돈도 준다. 이상한 일이었다. 이 말이 어떻게 들릴지 모르겠지만 나는 시 원고료가 적다고 생각한 적이 한 번도 없다. 돈을 주지 않았더라도 어차피 썼을 시이기 때문이다. 시는 놀이인데 남보다 좀 재밌게 논다고 하여 돈을 준다고? 지면을 통해 독자들에게 전해주기도 할 뿐더러 돈도 준다고? 감사한 일이다. 물론 산문의 고료는 다른 이야기다. 산문 쓰기는 노동이다. 돈을 받아야 한다.

시가 어떤 진실에 닿을 수 있다는 말. 그것도 잘 모르겠다. 모든 시가 진실을 향해 있다고 말한다면 그것은 조금 사기일 것이다. 그러나 시 쓰기의 즐거움만큼은 진실이므로 시가 조금이라도 진실에 가닿으려면 역시 즐겁게 쓰는 수밖에 없다. 시 쓰기의 즐거움을 위해 다른 것들을 포기한 나의 삶 역시 그렇다면 약간은 진실이라고 할 수도 있겠다. 나는 가끔은 유머를 좋아하는 사람들이 놀려먹기 좋은 진지한 문학주의자가 되었고 가끔은 문학주의자들을 놀려먹기 좋아하는 한량이 되었다. 사실 시를 대하는 누구의 태도도 나는 비웃고 싶지 않다. 내가 나의 시에서 거절하곤 하는 어떤 방식들을 견지하며 시를 써나가는 사람들 역시 마찬가지다. 모두가 전위적인 시를 시도했다면 한국 문학은 얼마나 재미가 없었을 것인가. 모두가 상호텍스트성에 몰두했다면 얼마나 허망했을 것인가. 모두가 윤리를 추구했다면 얼마나 지루했을 것이며 또 모두가 윤리를 도외시했다면 얼마나 개판이었을 것인가. 모두가 서정시를 썼다면 얼마나 느끼했을 것이며 또 모두가 치열하게만 썼다면 얼마나 답답했을 것인가. 은유든 환유든 근대든 현대든, 릴케든 김종삼이든 존 케이지든, 온갖 시들이 난무하는 이곳에 존재하는 이 이상한 균형이 나는 마음에 든다. 내가 싫어하는 것은 방식의 차이를 낡음 쪽으로 위치시키며 시를 대하는 태도를 은근하게 획일화하고자 하는 척박함과 비열함뿐이다.

여기까지 쓰고 보니, 시집 출간과는 별개로 나는 정말 시인이 되어버렸으며 시인이 아니라기엔 시를 너무 많이 읽고 써버렸다는 실감이 절절히 든다. 물론 시인이 되지 않았더라도 계속 시를 썼을 것이다. 시 쓰는 일을 한없이 비하하고 싶었던 것은 아마도 어린 내가 그 일을 너무 사랑했기 때문이었을 것이다. 사랑하는 대상을 한없이 비하하고 싶어지는 철없는 자기혐오의 일환이었을지도 모른다. 그러니까 시와 나 사이의 관계는 지금까지도 어딘가 좀 꼬여 있고 뒤틀려 있다. 그리고 그렇기에 더 재미가 있다. 그래…… 열일곱 살의 나에게, 믿기지 않겠지만, 너는 결국 시인이 된단다.

두 번째 시집이 출간된 날이었다. 집에는 저자 증정

본이 도착해 있었지만 외출해 있느라 실물을 보지 못했다. 가족들이 책 사진을 찍어 보내주었다. 일정을 마치고 집에 돌아왔을 때 아빠가 나를 맞이하며 "여어, 작가님 오셨어요?" 하고 놀리는 목소리를 했다. 나는 깔깔 웃으며 거실로 들어갔다.

1   에드몽 자베스.
2   『포스트모더니즘 시론』 이승훈, 세계사.

부드러운 반복

독일 작가 W.G. 제발트의 시간에 대한 인식과, 그러한 인식을 기반으로 쓰인 작품 속 등장인물들이 선형적으로 구성된 사건과 공간에 제약받지 않고 두터운 시간의 층 안을 유랑하는 방식을 나는 좋아하는데, 이에 관하여 제발트가 쓴 내용은 아래와 같다.

"과거의 회귀가 일어나는 법칙이야 인간이 알 길이 없겠지만, 세월이 흐를수록 나는, 시간이란 존재하지 않는 허상이며, 그 대신 여러 개의 이질적인 공간들이 우리 지식을 넘어서는 더 고도의 입체 기하학적 원리에 의해 겹겹이 포개진 동시성의 세계를 이루고, 산 자와 죽은 자들이 각자의 마음이 내키는 대로 공간과 공간을 이리저리 이동하고 있다는 느낌이 점점 분명해진다……"[1]

⟩

나에게는 세 살 터울의 동생이 있고, 할머니 품에 안겨 집에 온 낯선 신생아와 처음 마주했던 순간을 선명히 기억

한다. 동생이란 빨갛고 쭈글쭈글하고 이상한 것이라고
생각했다. 아기와 함께 방에 누워 있던 엄마가 이리 와보
라고 손짓했지만, 네 살이었던 나는 방문 너머에 서서 엄
마와 동생을 한참 동안 쳐다만 보고 있었다고 한다.

그로부터 얼마 지나지 않아 나는 실종되었다. 엄마
와 동생이 낮잠을 자는 사이 열어둔 대문 밖으로 나간 것
같았다고, 이후에 엄마는 말해주었다. 당연히 난리가 났
다. 경찰에 신고 후 함께 살던 할머니, 고모, 삼촌을 모두
동원하여 수색에 나섰다. 두 발로 걸은 지 얼마 되지도 않
은 애가 얼마나 멀리까지 갔는지, 집과 마당의 구석구석
과 동네의 온갖 골목과 자주 가던 가게들을 모두 뒤져보
았지만 찾을 수 없었다고 했다. 해 질 녘이 되어서야 나는
집으로부터 꽤 멀리 떨어진 한 길목에서 발견되었는데,
고개를 푹 숙인 채 생각에 잠겨 걸어가고 있었다.

가족들은 요즘도 드물게 그날의 이야기를 꺼낸다.
쪼끄만 게 무슨 생각을 그렇게 하고 있었냐고, 대체 뭐가
그렇게 서러워서 가출을 다 했느냐고 엄마는 깔깔 웃으
며 물었지만, 전혀 기억나지 않았다. 집을 빠져나간 순간
도, 그때의 기분도, 밖에서 뭘 했는지 왜 고개를 숙이고
걸어 다녔는지 내가 실종되었다는 사실은 자각하고 있

었는지 그 무엇도 떠올릴 수 없었다(제 발로 나갔으니 엄마의 표현대로 실종보다는 가출이라는 단어가 보다 정확할지 모르겠다).

동생의 탄생이 당시의 내게 너무도 충격적인 사건이었던 탓일까. 온 가족의 관심을 빨갛고 쭈글쭈글한 존재에게 빼앗기는 바람에 속상했던 것일까. 고민거리가 있으면 집에서 생각하면 되지, 왜 굳이 밖으로 나가서 낮부터 저녁까지 동네를 헤매고 다녔던 것일까. 가출의 동기는 당사자인 나의 기억이 말소되는 바람에 여전히 미스터리로 남아 있다. 이 사건에는 몇 가지의 의문점이 더 있다. 동네 사람들은 그 어린애를 왜 집이나 경찰서에 데려가지 않았으며, 반나절 동안 밥도 안 먹고 어떻게 걸어 다닌 것이며, 어째서 울지도 않고 그 긴 시간을 혼자 있었던 것인가.

사색에 잠겨 홀로 산책을 나선 네 살배기의 일화는 어린 시절부터 가족들에게 숱하게 전해들은 탓에, 당시를 전혀 기억하지 못하는 내게도 상상에 의해 조형된 이미지로 선명하게 각인되어 있다. 짧은 머리에, 엄마가 자주 입히던 반팔과 반바지 차림에, 고개를 숙인 채 걷는 작고 마른 아이, 그리고 아이의 등 뒤로 사라져가는 해, 석

양의 붉은 빛이 목덜미에 묻어나는 장면, 내 이름을 부르며 달려오는 가족들. 깜짝 놀라 고개를 드는 나.

ƪ

그로부터 이십여 년의 시간이 흐른 어느 날, 나는 누하동의 어느 거리를 걷고 있었다. 근처에서 머리를 잘랐고, 교보문고에서 시집을 한 권 샀고, 차를 마시며 책을 읽기 위해 마음에 드는 카페를 찾아다니던 중이었다. 그리고 더 작은 골목으로 들어섰을 때 길의 끝에서 고개를 숙인 채 걸어오는 한 아이를 보았다.

나는 누하동에서 살았던 적이 없지만, 이 골목은 어린 시절 내가 길을 잃었던 그 동네와 어딘지 닮아 있었고, 무엇보다 짧은 머리를 한 아이와, 아이의 등 뒤로 쏟아져 내리는 붉은 햇빛과, 작은 체구와, 흰 티셔츠와 반바지가, 고개를 숙인 채 걸어오는 모양새가, 어딘지 낯이 익어 눈을 뗄 수 없었다. 아이는 이 길을 혼자 걷기에는 너무 어려 보였으며, 사진으로 보았던 네 살 무렵의 내 모습과 지나치게 닮아 있었고, 그래서 나는 순간적으로 반나절 동안 잃어버린 자식을 발견한 오래 전 엄마의 시선 속으로 빨려 들어가는 듯한 기분이 되었다. 아이는 아주 천천히 걷고 있었다. 일행이 있었다면 그를 붙잡고 물어보았을 것이다. 저 아이 혹시 보여? 네 눈에도 보여? 쟤 나랑 닮지 않았어?

다행인지 불행인지 나는 혼자였다. 아이와 나는 느리게 걸어 서로를 지나쳤다. 지나치는 순간 확신했다. 이 아이는 그 아이다. 네 살의 내가 맞다. 나는 하마터면 아이를 내 이름으로 부를 뻔했다. 당연히 그럴 수는 없었고, 그 자리에서 뒤를 돌아 아이의 뒷모습이 골목의 밖으로 사라지기를 지켜보았을 뿐이었다.

이 기억은 꿈이 아니며 소설도 아니다. 그리고, 다들 나를 미친 사람이라고 생각하겠지만, 나는 지금도 그 아이가 네 살의 나라고 생각한다. 더 시간이 흘러 제발트의 소설을 읽다가 앞서 언급한 문장을 발견했을 때, 나는 무릎을 치고 속으로 환호했다. 그의 말이 맞다. 이질적인 시간들은 겹겹이 포개져 동시성의 세계를 이루는 것이 분명하다. 네 살에 집 밖으로 빠져나온 나는 알 수 없는 입체 기하학적 원리에 의해 이십여 년 후의 골목을 걸어 다니고 있었고, 이후에 그 아이가 엄마에게 발견되어 다시 집으로 돌아갈지, 누하동 골목을 영원히 서성이게 될지는 모르겠지만, 내가 본 아이는 정말 어린 시절의 나라는 느낌이 제발트처럼 내게도 "점점 분명해진다……"[1]

)

어느 술자리에서 한 친구가 UFO를 보았던 적 있다고 고백했다. 그는 제주도 출신이었는데, 고등학생 시절 한라산을 등반하다 물리법칙에 위배되는 움직임을 보이는 미확인 비행 물체, 반짝거리는 원반형 물체, 즉 UFO가 자신의 눈앞에 나타났다 사라졌다고 했다. 함께 있던 친구들에게 허겁지겁 이야기했지만 UFO는 사라지고 없었다고, 하지만 분명 자신의 눈앞에 나타났었다고, 비행기 모양이 아니었던 데다, 비행기라기에는 너무 빠르게 움직이고 있었다고 그는 말했다. 당시의 친구들은 모두 자신을 비웃었다고 했다. 그 자리에 모인 사람들 역시 모두 웃고 있었다. 그는 "이거 봐, 아무도 안 믿어"라며 억울해했다. 나는 잠시 그날 누하동 골목에서 만났던 네 살짜리의 이야기를 들려줄까 고민하다가, 내가 할 수 있는 가장 정직한 표정을 지으며 말했다. 나는 그 말을 믿는다고. 진심으로 믿는다고. 세계에는 아직 우리가 모르는 일들이 너무 많이 남아 있을 것 같다고. 그러자, 모두가 다시 한 번 웃음을 터뜨렸다.

---

1 『현기증·감정들』에서 재인용, W. G. 제발트 지음, 배수아 옮김, 문학동네.

시작하기 전에 시작되어 있는

존재하는 시가 존재하지 않는 시보다 좋을 수 있나. 시를 쓰며 종종 하는 생각이다. 인간으로서의 삶은 세계의 알 수 없는 입자들로 존재하던 시절보다, 또 죽음 이후 육체라는 집합으로부터 탈출하여 다시 이곳저곳으로 흩어지게 될 미래보다 좋을까. 좋음의 정도를 가늠하는 일이 몸이 있는 자로서의 편협한 발상일지라도, 자아와 타자가 뒤섞이는 무한의 영역에서는 무효한 고민에 불과할지라도 가끔은 그런 생각을 해보게 되는 것이다.

*

누구에게도 읽히지 않은 시는 없다. 쓰는 사람은 쓰는 순간 자신이 쓴 시의 독자가 되기 때문이다. 쓴 사람이 있다면 읽은 사람도 있는 셈이기에 독자 없는 시는 세상에 없다. 궤변처럼 들리겠지만 존재하지 않는 시만이 독자 없이 존재하는 특권을 누린다. 종이 위에 활자로 남겨지거나 입 밖으로 말해지기 전 누군가의 상상으로만, 혹은 착상으로만 존재하는 시의 상태. 그것을 시라고 부를 수 있다면, 그러한 상태의 시가 쓰기나 말하기 혹은 다른 어떤 방식으로 우리의 육체를 거쳐 세상에 나온 시보다 더 좋을 수밖에 없지 않을까. 쓰이지 않은 시에는 가공되지 않은 날것의 조야한 아름다움과, 부드러운 새 살과, 무한한 가능성 자체가 내재하기 때문이다. 물성에 도달하는 순간, 시에게 구체적인 언어가 생기는 순간 (언어는 시의 몸이기도 하므로) 시는 무존재의 자유와 영원한 안식을 상실하고 세계의 구체적인 활자로서, 혹은 누군가의 목소리로서 존재하게 되고, 소통하고 매개하고 기능하며, 이렇게 정체를 드러내는 대가로 자신의 좋음을 일부 탈취당하는 것이 아닐까. 그것이 시의 존재와 비존재의 역학 관계가 아닐까.

간혹 너무 좋은 시를 읽으면 이 시는 활자화된 상태가 더 좋을 수도 있을 것 같다고 생각하면서도, 동시에 현현하였음에도 이렇게 좋다면 존재하지 않는 상태였을 때는 얼마나 더 좋았을까, 우리는 그것을 공유할 수 없구나, 그렇지만 참 좋은 시였겠구나 하는 상상을 이어 하게 된다. 그러나 어쩌면 시의 몸이, 언어라는 매체가 그 시에게 하나의 길이 되어주었을 수도 있지 않을까? 활자화되지 않은 상태에서는 이토록 확장되거나 뻗어나가지 못했을 수도 있지 않을까, 하는 양가적인 생각이 들기도 하는 것이다. 그나저나 좋음이란 무엇일까. 그것은 이 자리에서 정의하지 말고 각자의 몫으로 남겨두기로 하자.

》

유니버설뮤직 클래식 유튜브 채널에서 제작된 시리즈에서 조성진 피아니스트는 첫 솔로 스튜디오 녹음을 마친 후 자신이 연주한 쇼팽의 곡에 관해 설명한다. 그중 발라드 4번 영상의 초반에 그는 인상적인 이야기를 들려준다. 막 연주를 시작하는 순간, 그는 첫 음에 맞는 건반을 오른손으로 거칠게 두드리며 "We don't start up this piece(우리는 이 곡을 시작하지 않아요),"라고 말한 뒤, 직전의 연주를 취소하듯 왼손을 뻗어 허공으로부터 건반으로 서서히 당겨오며 "It's already started(그것은 이미 시작되어 있어요)."라고 덧붙인다. 손으로 허공 어딘가에 이미 존재하는 음악을 데려와 피아노 위에 내려놓듯이 곡의 도입부를 시작하는 것이다. 뒤이어 놀랍도록 아름다운 연주가 잠시 이어진다. 그의 말대로 정말 건반이 눌리기 이전에 음악이 시작되어 있는 것처럼, 알 수 없는 천상의 소리에 의해 곡은 이미 진행 중이고, 피아니스트는 그 연주를 이어받아 우리에게 들려주는 듯 보인다.

댓글창에서는 많은 사람들이 이러한 설명을 이해하고, 시작하기 전에 이미 시작되어 있는 음악의 존재에 공감하며, 조성진 피아니스트의 섬세한 곡 해석에 감탄하고 있다. 그의 이야기는 곡을 더욱 선명히 들리게 하는 동시에, 이미 그의 연주를 들어보았던 사람으로 하여금 어째서 조성진이 연주하는 쇼팽 발라드 4번은 그토록 아름다운지를 가늠할 수 있는 하나의 실마리 같다. 귀로 들을 수 있는 소리는 건반에 연결된 해머가 현을 내리치고, 현의 진동이 향판을 울리며 발생하는 첫 음부터이지만, 사실 우리에게는 그 전부터 이미 시작되어 있는 곡을 들을 수 있는 능력이 있다. 피아니스트는 들리지 않는 소리를 들리는 연주를 통해, 즉 들리는 연주 속에 들리지 않는 음악을 포함함으로써 곡을 표현한다. 인간과 예술이 공유하는 아름다운 아이러니다.

나의 의지와 무관하게 이미 존재하는 시는, 공기를 진동시키지 않는 천상의 피아노에 의해 연주되는 곡처럼 아마도 내가 써버린 시보다 더 좋을 것 같고, 분명 그에 미치지 않는 시를 내가 쓰고 있음을 알면서도 결코 닿을 수 없음을 용인하는 과정을 거쳐 언어화된다. 그런데 보이지 않는다면 존재하지 않는 것일까, 혹시 '존재하지 않는'이라는 표현을 너무 성급하게 쓴 것은 아닐까 하는 생각에 이른다. 오히려 '시'라는 말이 포괄하는 범위를 존재의 앞뒤로 넓혀본다면 시를 읽고 쓰는 일이 더욱 풍성해질 수 있지 않을까? 언어화되지 않은 시의 일부는 언어화된 시에 포함된다. 언어화 이후 유실되는 부분과 잔존하는 부분 중 어느 쪽이 우세한지는 쓰는 사람이라면 누구나 감각할 수 있을 것 같다. 물론 시 쓰기가 이 단계에서 끝나는 것은 아니다. 이미 시작된 시가 현현하는 그곳에서 시는 새롭게 다시 시작된다. 시작이 새로운 시작을 끌고 오는 것이다. 사실 시가 잘 써지지 않을 때는 이미 시작된 시를 언어화하는 단계에서 어려움을 느낀다기보다 시 자체가 전혀 시작되어 있지 않은 경우가 많다. (부디 제때 시작 좀 해주셨으면 좋겠습니다…… 미래의 시들이여.)

)

데이비드 린치의 영향을 받아 주기적으로 초월 명상을 시도한다. 그때마다 나는 아프리카 여행지에서 마주했던 광활한 바다 앞에 내가 앉아 있는 장면 속으로 몰입하는데, 이때 나는 경험한 적 없는 감각에 사로잡힌다. 인간으로 존재하지 않았던 시절로 회귀하는, 혹은 인간의 육체를 잃은 죽음 후의 나에게로 순식간에 이동하는 느낌.

어느 날은 일종의 임사체험 같다고 생각하기도 했다. 아주 어린 시절부터 최근까지 삶의 여러 순간이 파노라마처럼 눈앞에 지나가고, 그러한 장면 속에서 내가 겪은 경험과 감정은 일관된 감각으로 통합된다. 그것은 아마 '좋음'인 것 같다. 살아 있음의 좋음 말이다. 내게 명상이란 '살아 있지 않음'을 간접적으로 경험함으로써 '살아 있음의 좋음'을 실감하는 일이다. 마치 들리지 않는 음악과 적히지 않은 시가 들리는 음악과 적힌 시의 좋음을 강화하듯이. 몸의 존재가 없다면 몸 이전과 이후로 발생하는 좋음 역시도 없을 것이기에.

영혼과 반영

평소 낮은 텐션과 목소리로 인해 영혼이 없어 보인다는 말을 종종 듣는다. 타인의 이야기에 "와하하… 재미있다 …" 혹은 "와하하… 너무 웃겨…" 같은 리액션을 하고 난 이후에는 특히 그렇다. 그러면 나는 고민하게 되는 것이다. 영혼은 무엇이며 없음이란 또 무엇인가…….

 ♪

　어두운 밤 유리창을 본다. 이차원 평면 위에 흐릿하고 굴절된 내 모습이 떠 있다. 저것은 내 영혼의 얼굴인가. 육체가 없음에도 웃으면 따라 웃고 울면 따라 우는 저 상像은. 그러나 이차원에는 생각이 없다. 생각은 삼차원의 것이다. 그러므로 이차원 속 얼굴은 자신이 나의 반영이라는 사실을 모른다. 그렇다면 삼차원에는 사차원에 존재하는 무엇이 없을까. 나는 궁금해진다. 어쩌면 부피를 가진 채 삼차원 세계에 살고 있는 나는 사실 사차원 속 누군가의 반영일지도 모른다. 사차원에 사는 그가 가진 무엇이 내게는 결락되어 있으며, 그로 인해 나는 그를 인지하지 못한다. 그렇다면 사차원의 그는 오차원에 사는 누군가의 반영일까? 그렇다면 오차원의 그는? 육차원의 그는? 어쩌면 우리 모두 자각할 수 없는 존재의 영혼들인 것은 아닐까?

유리창 속 얼굴은 실내보다 바깥이 어두운 시간, 내가 유리 근처에 머무를 때만 존재할 수 있다. 낮이 되거나 내가 콘크리트 벽 앞으로 자리를 옮기면 반영은 소멸한다. 우리는 사차원 속 유리창이 끝나는 지점을 향해 걸어가는 누군가에 의해 그곳으로 끌려가는 동안을, 반영으로서 존재하는 시간을 단지 삶이라고 부르는 것은 아닐까?

♪

존 케이지는 1951년 하버드 대학의 무향실을 찾는다. 무향실은 공학적 목적을 위해 최대한 조용하게 만들어진 방으로, 여섯 개의 벽면이 특수 소재로 만들어진 이 방에서는 기본적으로 소리의 반향이 일어나지 않는다. 그러나 존 케이지는 두 가지 소리를 듣는다. 하나는 높은 소리, 다른 하나는 낮은 소리. 담당 엔지니어는 그에게 높은 소리는 그의 신경계가 작용하는 소리이며 낮은 소리는 그의 혈액이 순환하는 소리라고 알려준다. 이에 관해 "죽을 때까지 소리는 나를 떠나지 않는다. 죽은 후에도 소리는 계속될 것이다. 음악의 미래를 걱정할 필요는 없다."[1] 라고 존 케이지는 그의 저서 『사일런스』에 쓴다.

존 케이지의 〈4분 33초〉는 4분 33초간 아무 연주도 하지 않는 음악으로 유명한데, 사실 이 작품은 3악장으로 나누어져 있다. 음표나 쉼표 없이 TACET(연주하지 말고 쉬어라)이라는 악상만이 각 악장의 악보마다 적혀 있다. 그러나 연주 길이에 대한 지시는 따로 없다. 초연에서는 시간을 무작위로 결정하여 1악장을 33초, 2악장을 2분 40초, 3악장을 1분 20초씩 연주했다고 한다. 그 시간 동안 피아노 뚜껑이 여닫히는 소리, 관객의 기침 소리, 각종 인기척 등은 음악의 일부로 화한다. 흔히 〈4분 33초〉를 침묵의 음악이라 부르지만 사실 이 작품에 진정한 침묵은 없는 셈이다. "텅 빈 시간이나 텅 빈 공간 따위는 없다"고 존 케이지가 말하는 것처럼, 오히려 〈4분 33초〉 작품의 핵심은 '침묵 없음'이다.

♪

고등학교 문학 시간이었다. 선생님은 귀신의 존재를 믿는 사람은 손을 들어보라 말했다. 절반 정도의 학생이 손을 들었다. 나는 손을 들지 않고 앉아 있었다. 귀신을 본 적이 없었기 때문이었다.

선생님은 사랑하는 친구가 죽어 묻혀 있는 무덤을 떠올려보라고 했다. 비가 오고 바람이 부는 날이면 죽은 친구가 추울까 걱정되지 않겠느냐고, 이미 죽고 없음을 알지만 그의 안부가 걱정된다면 귀신이 존재하지 않는 다고 우리는 분명하게 말할 수 없을 것이라고, 손을 들지 않은 학생들에게 말했다.

결국 물성은 감각이고 감각은 감정으로 연결되므로, 감정이 존재한다면 곧 물성이 존재한다는 의미가 된다. 그러므로 죽음 이후의 타인에게 우리가 느끼는 감정은 역으로 그의 물성을 증명한다. 죽음 이후에도 물성을 가지는 존재를 우리가 귀신이라 부른다면, 그리고 그에 대한 감정이 우리에게 존재한다면 귀신이 없다고는 말할 수 없게 되는 것이다.

ʒ

영혼이 없다는 말은 멋진 말이다. 영혼이란 원래 없는 것 이므로 그 말인즉슨 부재가 부재한다는 뜻이기 때문이다. 부재의 없음은 역으로 존재한다는 의미이기에 영혼이 없다는 말은 곧 여기에 있다는 뜻이다. 창문에 비친 나의 반영은 이곳에 내가 존재함을 증명한다.

영혼은 없지만 몸을 가진 내가 여기에 있다. 그러므로 듣고, 웃고, 말한다. 이러한 일들이 나는 자주 신기하다.

---

1 『사일런스』, 존 케이지 지음, 나현영 옮김, 오픈하우스.

미래로의 회귀

피아니스트 시모어 번스타인은 세 살 무렵 친척의 거실에서 처음으로 피아노 건반을 누르며 알았다고 한다. "여기가 내 세계구나……."

세 살의 번스타인을 상상한다. 건반을 누르는 짧은 검지손가락을, 힘주어 누르는 바람에 잠시 하얘진 손끝을, 의자에 앉으면 바닥에 닿지 않아 허공에 떠 있는 작은 발들을 상상한다. 박자에 맞추어 흔들리는 세 살 아이의 두 발을.

아이의 다리는 그곳에서 점점 자라날 것이다. 어느 순간 페달에 닿은 오른발은 손들이 연주하는 여러 음을 무리 없이 연결해낼 것이다. 길어진 손가락은 점점 더 많은 건반 위를 여행하듯 자유롭게 오갈 것이다. 이러한 반복이 그의 세계를 구성할 것이다.

공룡을 좋아하는 아이가 공룡이 되고 싶어 하고 경찰차를 좋아하는 아이가 경찰차가 되고 싶어 하듯 어린 번스타인은 피아노가 되고 싶었을까. 어느 날 피아노가 될 수 없음을 깨닫고 피아니스트가 되기로 마음을 바꾸었을까. 아이들은 자라며 공룡과 작별하고 경찰차와 작별한다. 번스타인은 아흔이 넘어서도 피아노와 작별하지 않았다. 피아노는 정말 그의 세계였던 셈이다.

⟩

열일곱 살의 나를 떠올린다.

더 멋진 반항을 했다면 좋았을 텐데. 그때의 나는 학교를 조퇴하고 구립 도서관에 갔다. 그날도 마찬가지였다. 서가를 돌아다니다 당시 유행하던 젊은 시인의 시집 한 권을 우연히 꺼내 든다. 수록된 첫 번째 시를 읽는다. 전율한다. 두 번째 시를 읽는다. 다시 전율한다. 도서관의 큰 창으로 오후의 햇살이 쏟아지고…… 무언가 돌이킬 수 없게 되었음을 깨닫는다.

내가 읽은 시집이 시인의 첫 번째 시집이었다는 사실도, 그가 지금은 한물간 용어로 여겨지는 소위 '미래파'의 대표 주자였다는 사실도 몰랐지만, 아니 미래파가 무엇인지 현대시는 또 무엇인지 가늠조차 할 수 없었지만, 그 순간 나는 다른 것을 알게 되었던 것 같다. 아마도 이 전율의 기억을 죽기 전까지 잊지 못할 것이라는 예감, 그날 저녁 집에 돌아가 펜을 들고 시인지 뭔지 그 비슷한 글을 쓰려고 시도해볼 것이라는 예감, 언젠가 나의 시집 역시 이 도서관 책장 한구석에 꽂혀 있으리라는 예감, 그러니까……"여기가 내 세계구나" 하는 예감이었다.

⸳

아이는 건반에 손을 올리자마자 자신의 미래를 보았을 것이다. 피아노와 최초로 접촉했던 순간이 한 사람을 피아니스트로 만들었다면, 그리고 그 순간에 아이가 그것을 느낄 수 있었다면, 자신을 덮친 갑작스러운 매혹으로부터 영원히 벗어날 수 없음을 확신했다면, 미래를 본 일과 무엇이 다르다고 말할 수 있을까.

⸳

첫 시집이 출간되고 한동안 제대로 펼쳐보지 못했다. 나의 시의 부족함에 대한 부끄러움, 내가 적은 활자들이 책이라는 형식을 통해 권위를 얻었다는 사실에 대한 간지

러움, 표지에 내 이름이 적힌 시집이라는 낯선 대상에 대한 어색함 탓도 있었지만, 앞으로 평생의 많은 시간을 백지 앞에서 키보드를 두드리며 보내게 되리라는 예감이, 처음 내 손으로 타인의 시집을 꺼내 들었던 그 순간보다 훨씬 무겁게, 동시에 감당할 수 없을 만큼 두근거리는 감각으로 나를 압도했기 때문이었다. 출간 후 꽤 오랜 시간을 압도감에 시달려야 했다. 내 손으로 첫 시집을 펼쳤던 순간은 압도감을 극복했을 때가 아니라, 그러한 예감에 조용히 순응할 수 있을 만한 용기가 생긴 순간이었다. 이제 나는 종이 앞에서 여전히 끙끙대며 시를 쓰는, 백발의 노인이 된 나를 어렵지 않게 떠올린다.

♪

나는 다시 상상한다. 구립 도서관 책장 어딘가에 꽂혀 있을 나의 첫 시집을. 그리고 미래의 어느 날 우연히 시집을 꺼내 드는 앳된 얼굴의 누군가를. 운이 좋다면 떨리는 손으로 그가 써 내려갈 첫 번째 시를. 몇 년의 시간이 흐른 뒤 그의 이름으로 출간될 새로운 첫 시집을. 그 책이 같은 도서관 책장에 꽂혀 있는 모습을. 그리고 또 다른 앳된 얼굴의 누군가가 서가를 걷다가……

내가 보았던 미래는 어쩌면 더욱 먼 곳의 일인지도 모른다.

여름의 시퀀스

우리가 여름이라고 말할 때 여름은 잠깐 우리에게 온다. 여름을 말하는 사람에게서 여름을 듣는 이에게로 여름이 부드럽게 이동한다.

여름이라는 말을 좋아한다. 여름은 순우리말이지만 '여'는 한자 '남을 여'와 발음이 같아 한가롭고 잉여적인 느낌을 풍긴다. 글자를 다 발음하고 나서도 입술은 여전히 열려 있다. '름'이라는 글자는 미세한 어지러움을 품고 있다. 름, 이라고 말할 때 혀가 입천장을 부드럽게 스친 후 입술이 닫히며 마무리되는 일련의 움직임, 입술이 닫히기 이전과 닫힌 이후의 음성이 함께 울리며 발생시키는 민감한 파동, 그런 것들이 모여 여름이라는 말을 만들어내고 있다는 사실이 좋다. 여름은 여름이라는 말에 의해 얼마간 구성된다.

여름의 선명함, 강한 햇살이 그려내는 명징한 세계, 또렷한 풍경에 동반되는 숨 막히는 더위, 더위를 피해 들어간 실내의 강한 에어컨 바람과 그로 인해 돋아나는 볼

규칙한 소름들, 그 소름 어루만지며 오늘 참 덥다, 완전 여름이다, 말하는 순간 온 세상이 진실된 여름의 순간으로 온전히 상영되어버리고, 여름을 둘러싼 우리의 말과 움직임과 맞닿음 같은 것들이 여름이라는 영화의 시퀀스가 되고, 여름이 끝난 후에도 여름의 장면으로 기억 속에 녹화된다. 여름은 그렇게 누적된다.

계절감은 언제나 계절에 앞선다. 여름의 절반은 장마이지만 여름이라는 말에서 우리가 쨍한 햇볕을 먼저 떠올리는 것처럼.

계절에 대해 배우기 이전에, 계절을 몇 번 겪어본 적 없어 계절 간의 구획을 나눌 줄 모르던 어린 시절에, 여름의 공간은 텅 빈 학교였다. 비슷하게 어린 목소리들이 늘 웅성웅성 끓어오르던 운동장에는 이제 바람 소리만 들려오고, 나무의 풍성한 초록 잎들이 느리게 흔들리며, 놀랍게도 나무와 같은 모양의, 그러나 나무보다 훨씬 커다란 그림자 역시 흔들리며 모랫바닥에 짙게 드리워지고, 텅 빈 공간에 몇 개의 직선을 긋는 키 다른 철봉들과 그 밑에 뿌옇게 차오르는 먼지들, 비어 있는 스탠드, 그런 것들이 여름의 학교를 구성한다. 아이들이 몰려들어 시끄럽게 훼방을 놓던 한 학기가 끝나고 그곳에서 내내 진땀 빼고 있던, 학교의 진정한 주인들—철봉이나 동상이나 나무들—이 비로소 학교를 온전히 채우고 있는 듯한 장면. 그 속에 가만히 앉아 있으면 방학은 영영 끝나지 않을 것 같았다.

초등학생 시절 삼 년 정도 시골에 살았던 적이 있다. 아파트 단지를 조금만 벗어나면 논밭이 펼쳐져 있었다. 여름밤 가족들과 화채를 해 먹고 산책을 나가면 개구리가 울어댔다. 개구리의 울음소리는 멀리서만 들을 수 있었다. 인간의 발소리가 들리면 개구리가 울음을 멈췄기 때문이다. 나는 개구리를 찾아 밤의 논밭을 뛰어다녔지만 내가 가는 곳은 늘 조용해졌다. 조심히 움직여야지, 엄마가 말했고 발소리와 숨소리를 죽인 채 다가가자 비로소 개구리를 만날 수 있었다. 손가락 두 마디만 한 개구리가 턱을 동그랗게 부풀리며 울고 있었다. 만지면 안 돼, 개구리에 비해 너의 체온은 너무 뜨거워. 엄마가 말렸고 나는 개구리를 만지지 않았다. 개구리에게 내 손길은 죽음에 가까운 폭염이었을 것이다. 만지지 않기를 잘했어. 성인이 되어 그곳에 다시 찾아갔을 때 논밭은 모두 재개발되어 높은 건물들이 들어차 있었다.

내가 다녔던 중학교와 고등학교는 벚꽃으로 유명한

대학 캠퍼스 내에 위치해 있었다. 4월 마지막 주의 하루는 벚꽃 완상 날이라고 하여 수업을 하지 않았다. 오후 동안 선생님과 학생들은 함께 캠퍼스를 돌아다니며 벚꽃 구경을 하고 사진을 찍었다. 벚꽃 완상이 끝나면 봄비가 내려 벚꽃이 모두 떨어졌다. 바닥에 흩뿌려진 벚꽃 잎이 새카매질 때까지 밟아가며 등하교를 반복하다 보면 여름이 되었다. 동복과 하복을 번갈아 입으며 어른이 되어 갔다.

여름의 순간은 매년 다르게 누적되었다. 언젠가부터 여름의 기억 속에도 비로소 밤의 장면들이 생겨나기 시작했다. 밤이 낮 동안 데워진 열기를 식히며 등장해도 여름은 그러한 밤마저 여름의 일부로 바꾸어버렸다. 여름의 밤에 우리에게는 바깥이 생긴다. 걸음이 생긴다. 밤에는 걸을 수 있고 한없이 걸을 수 있고 양화대교를 건너며 온갖 불빛들을 감상할 수 있다. 여름밤에는 사건 사고가 많고 사건 사고만큼 다양한 불빛들이 많다. 깨어 있는 자들이 많은 탓이다. 여름에는 차라리 낮잠을 잘게요, 밤을 걸을게요, 다짐한 듯이 밀려 나오는 사람들과 낮에는 발바닥이 뜨거워 걷지 못하던 강아지들이 여름밤의 공원을 이룬다.

사실 여름의 밤은 낮만큼 선명하지 않다. 자주 취해 있던 탓이다. 여름에는 아무데서나 술을 마셔도 죽지 않을 수 있다. 그래서 여름에는 사랑이 잦고 착각이 잦다. 여름에 했던 사랑은 유독 선명하게 기억나지만 그중 절반쯤은 착각이었다. 모든 것이 그토록 선명한 여름이 착각하기에 가장 좋은 계절이라는 사실은 조금 이상하다.

여름밤에는 평소에 자주 듣지 않는 브릿팝을 듣는다. 십 년 전에나 자주 듣던 곡들을 재생한다. 그러면 여름날의 불가항력 같던 설렘이 그 순간 그대로 눈앞에 도래한다. 검고 푸른 나무들 아래를 걷던 날, 나의 옆을 걷던 상대의 얼굴에 드리우던 가로등 불빛, 아무도 없는 놀이터, 야외에서 펼쳐지던 밴드 공연들, 각자의 피부 위에 빨갛게 부어오르던 모기 물린 자국, 그만큼 주체하지도 숨길 수도 없었던 감정 같은 것들이 음악과 함께 되살아난다. 그때 즐겨듣던 밴드 스웨이드의 조금은 촌스러운 리듬이 내 몸에 새겨져 있다. 내가 완벽히 세련된 사람이 될 수 없는 이유 중 하나다. 아마 앞으로의 모든 여름 내내 그럴 것이다. 음악과 함께 감정은 도래할 것이다. 음악이 촉발하는 여름의 영원 회귀다.

여름을 좋아하니까 여름에 대해서라면 한없이 적을

수 있을 것 같다. 그러나 폭염 속에서 사람이 죽고, 누군가는 평소보다 고된 노동을 하고, 어떤 사업은 망하고, 그런 일들이 있다. 그래서 여름에 대한 낭만적 글쓰기를 조금은 머뭇거리게 된다. 그러나 여름에 갖는 기쁨과 여름에 갖는 슬픔이 공존할 수 없는 것들은 아닐 것이다.

여름에는 구름이 무겁게 깔린 장마철의 하늘과 새파란 도화지에 태양만이 빛나는 것 같은 맑은 날의 하늘이 함께한다. 빗방울이 거칠게 떨어지며 풍경을 지우는 동안 맑은 날의 하늘은 구름 뒤에서 자신의 차례를 기다리고 있다.

홍콩인 친구 한 명이 장마철에 서울에 놀러온 적 있다. 대학 시절 프랑스에 교환학생으로 가 있는 동안 만났던 친구인데, 여름이고 겨울이고 비가 내리는 우중충한 하늘이 그곳의 디폴트였다. 그는 나의 바로 옆 기숙사 건물에 배정받아 가끔은 연락도 없이 방에 찾아와 김치를 얻어먹고 유자차를 얻어먹다가, 연이은 추위에 내가 아프던 어느 날에는 몸집만 한 냄비를 이고 지고 와서 아무렇지 않게 10인분의 홍콩 핫팟을 끓여놓고 가기도 했다. 아무렇지 않게 체온을 나누고, 아무렇지 않게 밥을 나눠 먹고, 아무렇지 않게 서로의 언어를 배우다 일 년이 갔다.

나는 그에게 배운 덕분에 몇 마디의 광둥어를 할 수 있게 되었고, 그는 몇 마디의 한국어를 할 수 있게 되었다. 마지막 날엔 함께 트램을 타고 근처 바닷가에 갔다. 늘 비가 오던 도시가 유난히 맑던 초여름이었다. 한 번 포옹을 하고, 역시 아무렇지 않게 언젠가는 다시 보자고 말했다. 타국에서의 만남과 헤어짐은 늘 기약이 없었고, 그런 일에는 이미 꽤 익숙해져 있었다. 먼 곳에서 묻던 안부를 오랜만에 가까이서 나누었다. 한국 날씨 원래 이래? 르아브르 같아, 그가 투덜거렸고 그래도 며칠 뒤면 다시 맑아질 거야, 내가 말했다.

이 글을 쓰는 지금은 봄에서 여름으로 건너가는 환절기다. 점점 짙어지는 햇볕 아래에서 봉기를 들고 일어나는 까다로운 피부를 긁적거린다. 환절기라는 말 속에는 두 개의 계절이 들어 있다. 두 개의 옷차림이 들어 있다. 계절은 스위치를 껐다 켜듯이 바뀌지 않고 다만 그라데이션으로 이동한다. 두 개의 계절이 겹쳐지고, 두 개의 옷차림이 겹쳐지면서. 연결되는 여러 개의 시퀀스처럼. 다행히 겨울의 옷과 달리 어깨를 짓누르지 않는 여름의 얇은 옷들이 여름에 대한 글을 한결 가볍게 한다. 반팔과 반바지. 부드러운 재질들.

여름을 기다리는 이유 중 하나는 나에게 '장국영 세트'가 있기 때문이다. 영화 〈아비정전〉 속 장국영이 맘보를 추던 장면에서 입었던 것과 똑같은 흰색 러닝셔츠와 트렁크인데 한여름에 집에서 주로 입는다. 위아래로 총 세 벌이 있다. 그렇게 입은 스스로의 모습이 꽤 마음에 들지만 보여줄 수 있는 사람은 얼마 되지 않는다.

장국영 귀신이 나오는 시를 쓴 적 있다. 신혼집에 갑자기 장국영이 나타나 함께 술을 마시는 내용이다. 시의 화자는 그와 함께 귤주를 마시고 춤을 춘다. 그의 죽음을 새카맣게 잊어버린 듯이. 이 시를 완성한 후 몇 달이 지나고 나서야 〈찬실이는 복도 많지〉라는 영화에서도 장국영 귀신이 등장한다는 사실을 알았다. 영화 속 장국영 귀신 역시 '장국영 세트'를 입고 있었다.

곧 여름이다. 나는 귀신을 무서워하지 않고 더위를 잘 견딘다.

자막 없음

어떻게 거실 한가운데 벽이 솟아난 거지
알 수가 없다

조금 전까지 우리는 볶음밥을 먹고 있었는데
넷플릭스를 보며
음식이 조금 남았고

어리둥절한 얼굴로 벽을 둘러보는 너와
사면에 가득한 흑백 사진들

젊은 시절의 위노나 라이더 장국영 모니카 벨루치
알 파치노
얼굴을 만져본다

영화 이름을 대충 기억할 수 있다
아마도 이 사람들 대부분 주연이었겠지
본 적은 없어 아비정전도 대부도
갑자기 집이 접힌다

집은 앨범이 된다
볶음밥 속 밥알들이 납작해진다
우리는 이 페이지와 저 페이지를 건너다니며
거실에 걸어둔 우리의 결혼사진이
사진 속 사진이 된 모습을 본다

끝없는 사막 위에 어떻게 드럼세탁기가 놓여 있는지
모니카 벨루치가 입은 티셔츠에 왜 우리 강아지가
프린트되어 있는지
장국영이 어째서 관능적인 자세로 이케아 소파 위
에 누워 있는지

네가 한때 배우를 꿈꿨다는 걸 알고 있지만
그 영향이라기에 이건 너무 말도 안 된다

말도 안 돼 그치
너는 잇몸을 드러내며 웃는다

이 사람들 몇 살이야
지금 죽었어 살았어

너는 핸드폰을 꺼내 검색을 한다

장국영이 소파에서 일어난다
너의 핸드폰을 손으로 잡고
아니야, 찾아보지 마, 말하며 웃는다

러닝셔츠 차림의
그와 술을 한잔하기로 한다
위노나에게도 권했지만 그는 저번 달에 술을 끊었
다고 한다
아기처럼 잠든 알 파치노

우리에게는 담금주가 많아
나의 오랜 취미야

귤은 코리안 탠저린이야

귤주를 마신 장국영이 춤을 춘다
늦었지만 너희들의 결혼을 축하해
나와 너의 손등에 그가 입을 맞춘다

페이지가 빠르게 넘어간다
할 이야기가 너무 많다

이 집의 마지막 장에 도착할 때쯤
우리는 모두 취해 있다

귤주를 쏟아서 발 디딜 곳이 없다

기억이 안 나
우리 몇 살이었지
검색해보자

핸드폰 좀 줘 봐

꺼진 텔레비전 앞에서
너와 백발의 장국영이 곤히 자고 있다

Nasa Live Stream
- Earth From Space : Live Views from the ISS

우주에 매혹되는 것은 내가 우주의 일부이며 우주가 나의 전체이기 때문이다. 시몬 베유가 "상처 입을 때마다 우주가 우리 몸속에 들어오게 할 것"이라고 말한 이유도 나의 훼손 역시 우주의 운동임을 인지하라는 의미일 것이다. 그러나 『중력과 은총』에서 저 문장을 처음 읽었을 때 나의 인상 속에 남은 것은 피범벅이 된 깊게 파인 상처 속으로 밤하늘의 별과 어둠이 수없이 빨려 들어가는 이미지였다.

࣡

국제 우주 정거장에서 지구를 생중계 해주는 라이브 영상을 본다. 지금은 인도네시아의 상공을 지나고 있다. 영상 정보에 따르면 현재 전 세계의 3113명이 나와 함께 이 장면을 보고 있다. 몸은 노트북 앞에 앉아 있지만 나의 시선은 화면을 향하는 동시에 우주의 상공에서 지구를 내려다보고 있다.

꙼

어떠한 관계에도, 사회에도, 질서에도 연루되지 않은 나를 상상한다. 연루된 적 없고, 앞으로도 연루될 일 없이, 타자와 섞이는 경험 없이 자라난 내가 있다고 가정한다면. 태어나자마자 우주에 내던져지고 알 수 없는 이유로 성체가 되어버린, 언어도 종교도 없이 시간과 공간 속에만 존재하는 육체적 좌표로서의 내가 있다면. 내가 나를, 나의 모습을 어떻게 인식할 수 있을까. 스스로의 얼굴은 차라리 도형처럼 보일 것이다. 나는 나를 도형으로 인식하게 될 것이다. 인식의 기반이 허공이기 때문이다.

꙼

이러한 상상을 관계의 장으로 옮겨본다. 나와의 관계에, 내가 구성한 질서에 연루되지 않은 타자를 상상한다. 그러한 타자가 존재할 수 있다면, 나에게는 그 역시 하나의 도형에 불과할 것이다.

다른 방식을 생각해본다. 나와 더 이상 관계하지 않는 상태로 나아가는 타자. 관계했다가, 그러한 관계가 소멸하면서, 연루가 해제되어가는 우리를 상상한다. 관계는 기억으로 이루어져 있다. 그와의 기억이 서서히 사라진다면. 그의 형체는 의미를 잃고 도형에 가까워질 것이다. 주관적인 판단은 말소될 것이다. 애정도 말소되고 미움도 말소될 것이다. 인식의 기반을 모두 잃은 채 내게 남은 타인의 흔적을 살펴본다. 그것은 다만 중립적인 도형으로, 어떤 윤곽으로만 남아 있을 것이다.

ꝰ

나와 연루되지 않은 개. 나와 연루되지 않은 가족. 나와 연루되지 않은 주변을 상상한다. 모두 마찬가지일 것이다. 우리는 신문에서 마음대로 오려낸 글자를 배치해 만든 편지처럼 입자들의 무작위한 배열로 발생한 존재에 불과한 것 같다.

갑자기 모든 것이 생경하게 느껴진다. 뼈와 살로 구성된 나의 몸이, 색으로 뒤덮인 하늘이, 손과 발이라고 불리는 것들이, 아름답다고 생각했던 기억들이. 너는 하나의 너이기도 하고, 이전에 만났던 다른 타인이기도 하고, 익명의 대상이기도 하다. 타자들은 나로 인해 뒤섞이면서 각자의 특징을 잃고 한 사람처럼 기억될 때가 있다. 이일을 너와 했는지, 다른 사람과 했는지 잘 기억나지 않는다. 이곳을 너와 갔는지, 다른 사람과 갔는지 명료히 떠오르지 않는다.

　　　　　　　　　　　♪

그러나 바다에서의 기억만큼은 온전한 것 같다. 전혀 다른 기억에 바다를 덧입히기도 하는 것 같다. 바다가 섞여 있는 기억은 너무 아름다워서 모든 것을 잊어가는 와중에도 잊히지 않는다. 바다는 기억을 지속시킨다. 그를 잊고 싶은데 바다 때문에 잊히지 않는다. 함께했던 바다의 장면이 너무 강력하다. 그가 지워져도 바다는 영원히 남을 것만 같다.

　그렇다면 반대로 바다에 집중한다. 바다에 투영한 나의 감정, 나의 추억을 억지로 지워본다. 바다 자체를 바라보려 한다. 물살과 포말, 수평선과 배, 구름과 윤슬……

　바다는 서서히 바다 자체로 드러나는 것 같다. 감정과 기억을 거절하면 바다라는 대상이 명료해지는 기쁨을 느낄 수 있다.

나의 감정과 나의 기억이 모두 우주의 일부라는 사실은 이상하다. 영상은 북태평양 상공으로 이동하고 있다. 바다와 하늘이 구별되지 않는다. 저 정도 거리에서는 나와 너도 구별되지 않을 것이다. 사실, 구별할 필요 같은 것은 원래 없었을지도 모른다.

2부

미지를 위한 루바토

동네 피아노 학원에서 클래식 피아노를 배운 지 일 년 반 정도가 되었다. 한 곡을 일 년 동안 연습하기도 하고 어떤 곡은 두 달 만에 마치기도 하는데 대체로 원장님의 오케이 사인이 떨어질 때까지 연습을 지속한다. 초반에는 창문 달린 학원 연습실에서 피아노를 치고 있으면 초등학생들이 다 큰 어른이 왜 그렇게 못 쳐요? 하는 표정으로 들여다보고 가고는 했다. 시간이 지날수록 그들의 차가운 시선을 받는 횟수가 줄어들고는 있지만 건반 앞에서 헤매는 일은 여전하다.

나는 원장님의 가르침을 매우 좋아해서 레슨 때마다 한마디도 놓치지 않으려 귀를 기울이는 편이다. 어느 날에는 피아노에 대한 원장님의 비유에 감탄하느라 연주할 부분을 잊어버리기도 했다. 이를테면 정수리로부터 한 방울의 물이 흘러내려 손끝에서 톡 떨어지듯이 건반을 눌러야 한다거나. 아주 짧은 32분 음표에도 각자의 목소리가 있기 때문에 그걸 찾아줘야 한다거나. 왼손이 내는 소리에 오른손이 갇히면 안 된다거나.

일 년 반 동안 모차르트 소나타 두 악장과 변주곡 한 곡, 쇼팽 왈츠 세 곡과 녹턴 한 곡을 연습했다. 그 시간 동안 나의 기질에 대해 조금씩 알게 되기도 했다. 우선 나는 일관적이고 통제된 연주에 취약하다. 원장님은 내 손목에 본인의 손끝을 갖다 대며 맥박처럼 쳐야 한다고 말했다. 일정하되 기계적이지 않게. 그러나 기계적이지 않으면서 일정하기란 너무나 어려운 일이었다. 나는 로봇이 되거나 취객이 되거나 둘 중 하나였다. 그러므로 연주의 일관성이 중요한 고전주의 음악들, 모차르트나 하이든은 도무지 정석대로 연주할 수가 없었다. 나는 이들의 음악을 듣는 일을 몹시 사랑하지만 대문짝만하게 'MOZART'라고 적힌 악보 앞에서는 늘 풀이 죽었다.

반면 쇼팽은 상대적으로 수월했다. 쇼팽은 낭만주의 음악가였다. 엄격함보다는 감성 표현이 더 중요하게 다루어졌다. 물론 쇼팽의 곡이라고 하여 마음대로 쳐도 되는 것은 아니지만(안 될 것은 또 무엇인가 싶기도 하지만) 일관성이라는 측면에서는 상대적으로 관대했다. 페달도 사용할 수 있었다. 가장 좋았던 점은 '루바토rubato'라는 연주 기호가 존재한다는 것이었다.

루바토가 악보에 적혀 있으면 해당 구간에서 연주자는 기존의 템포에 얽매이지 않고 자유롭게 템포를 조절할 수 있다. 템포 루바토에서만큼은 음의 길이를 연주자의 감정과 해석에 따라 늘였다 줄이는 것이 가능해진다. 이탈리아어 루바토는 영어의 'rob(훔치다)'과 같은 단어인데, 악보에 기입되었을 시에는 "시간을 훔치다"라는 의미를 갖는다. 그러니까 해당 음의 앞의 음이나 뒤의 음의 시간을 훔쳐 와 자신의 것으로 이어 붙이고, 훔친 시간을 다시 돌려주는 방식으로 원 템포를 되찾는 것이다.

　　물론 화음이 흐트러져서는 안 되기에 루바토에도 한계가 있다. 과한 루바토는 음악을 망치거나 자칫 느끼하게 만들 수도 있다. 감정을 과잉되게 표현하느라 음의 앞뒤를 잔뜩 늘이고 줄여 노래하는 노래방 발라더가 되어버리는 것이다. 그러나 적절한 루바토는 음악을 더욱 드라마틱하게 만들어주고, 무엇보다 클래식 음악이라는, 수백 년 동안 작곡되고 연주되어왔기에 이미 사람들의 귀에 익을 대로 익은 음악을 쇄신하는 역할을 하기도 한다.

　　똑같은 루바토가 두 번 연주될 수는 없다는 점은 클래식 음악의 큰 매력이다. 아직 루바토를 완벽히 구현할 수 있는 기계는 없기에 인간만의 영역이라는 것도(이는 곧 감정을 완벽히 구현할 수 있는 기계가 발명되지 않았다는 의미이기도 할 것이다). 연주자에게 곡이 실체적으로 다가오는 순간, 그 곡이 가진 감정에 완벽히 감응하게 되는 순간, 루바토는 자연스럽게 발생한다. 어떤 음의 시간을 빼앗아 어떤 음에게 주어야 하는지, 곡에 대한 몰입도가 높을수록 자연스럽게 알 수 있다는 사실은 음악의 신비로움이다.

그리고 나는 오직 시의 초고를 쓸 때 루바토와 비슷한 감흥을 느낀다.

이를테면 오래도록 들어온 유명한 곡의 경우에 나의 머릿속에는 이미 상정된 음악이 있다. 어떤 연주를 들어도 내게 각인되어 있는 음악의 형태와 비교 분석하여 듣게 된다. 그러나 우연히 재생한 유튜브의 어느 영상에서, 한 연주자가 전혀 예상치 못한 곳에서 자신의 감정에 따라 음을 늘이고 줄였다고, 그러니까 루바토를 활용했다고 가정해보자. 그리고 그 루바토를 통해 음악이 내 머릿속에 있던 그것과 확연히 달라진, 전혀 모르던 어떤 아름다움을 발생시켰다고 해보자. 이때 나는 기쁜 충격을 받게 된다. 이러한 기쁨의 경험은 다른 음악, 내가 잘 아는 곡의 새로운 연주를 들을 때마다 어떤 미지의 탄생을 기대하게 한다.

　나는 시의 초고를 쓴 후에 오랜 시간 퇴고를 하고는 하지만, 격렬한 퇴고 과정 이후에도 결국에는 초고의 형태와 내용으로 돌아오는 경우가 잦다. 왜냐하면 퇴고는 대체로 루바토를 깎아내는 작업이기 때문이다. 시가 추동하는 대로 빼앗기거나 빼앗은 언어를 규범대로 되돌리는 동안 시는 자신이 가진 미지를 잃는다. 더 정확히 구조화되기 위해 여분의 언어가 절단되는 순간, 시가 가진 에너지는 급격히 줄어든다. 손상되지 않은 초고에는 자연스러운 루바토가 있다. 언어의 질서로부터 자신도 모르게 달아나버리는, 그로 인해 어떤 새로움을 발생시키는, 어쩌면 단어의 바깥으로 단어의 의미가 늘어나거나, 반대로 세계의 좁고 내밀한 곳을 통과할 수 있을 만큼 축소되어버리는.

　시를 촉발하는 순간의 인식, 감정에 집중할수록, 연주의 순간에 몰두하는 피아니스트의 루바토처럼 초고의 자유로움은 발생한다. 기존에 상정되어 있는 '시'라는 구조물의 안팎으로 자유롭게 오가며 그 형태를 늘였다 줄였다 할 수 있게 되는 것이다. 그러므로 퇴고는 루바토를 더 강렬하게 부각하는 방식이어야지, 루바토 없는 연주로 되돌려서는 안 된다는 것이 최근의 생각이다. 물론 다소 과잉된 것처럼 보이더라도, 시에게 주어지는 엄격한 잣대나 의식적인 의미화 없이 나의 언어를 미지에 빼앗기는 기쁨을 만끽하는 것이 요즘 내가 시의 초고를 쓰는 방식이다.

이우환 화백은 "내 작품은 타인에게 있어서와 같이 나에게 있어서도 늘 미지성을 내포하는 반투명한 것이기를 바란다."[1]라고 말한 바 있다. 이 말의 의미심장한 점은 작품의 미지성이 타자를 향하는 것일 뿐 아니라 작가 자신에게 역시 유효한 지점이기를 바란다는 데에 있다. 수용자에게 미지란 다채로운 모호함을 포함하는 '알 수 없음' 자체일 것이다. 그렇다면 창작자에게 미지란 무엇일까? 그것은 작가가 작품을 장악하거나 포섭하려 하지 않는 태도, 작품이 발생시키는 리듬에 몸을 맡길 줄 아는 겸허함이자 작품의 원천인 자신과 세계에 대한 존중일 것이다. 루바토가 표면적으로는 연주자 개인의 감정과 해석에 따른 표현 방식이지만, 사실은 역으로 연주자의 강박을 비우고 음악에게 자리를 내어주는 순간에 발생하는 것처럼.

노트북의 시 폴더에는 '초고.hwp' 파일과 '퇴고.hwp'

파일이 모두 저장되어 있다. 시를 쓰고 얼마간의 시간이 흐른 뒤 초고 파일과 퇴고 파일을 번갈아 열어보면 내가 시에서 무엇을 더 명확하게 하고자 하였으며, 어떤 언어를 미지의 세계에서 기지의 세계로 끌고 들어왔는지가 눈에 보인다. 둘 중 고민하다 결국 초고 파일 쪽을 택하게 되는 것은 그 과잉과 부족에도 불구하고, 미지성을 내포한 반투명한 모양이 더 마음에 들기 때문이다. 나는 앞으로도 나의 시들이 반투명의 어느 지점에서 지속되기를 바라며, 독자들에게도 이러한 '알 수 없음의 좋음'이 가닿기를 바란다. 초등학생 친구들의 따가운 시선에도 불구하고 건반 앞에서 헤매는 일이 여전히 즐겁듯 언어를 앞에 두고 모르는 곳을, 안개 낀 허공을 헤매는 일은 앞으로도 계속 재미있을 것 같다. 또한 이러한 헤맴의 즐거움이, 몰두한 채 지속하는 연주에서처럼 시의 리듬으로 선연히 드러날 것이라 믿는다.

1　『여백의 예술』, 이우환 지음, 김춘미 옮김, 현대문학.

생각, 연습

피아노를 치는 동안, 나의 연주는 대부분(당연히) 내 마음에 들지 않는다. 음과 음 사이의 연결이 매끄럽지 않거나 손가락이 무겁게 움직이거나 왼손이 내는 소리가 오른손이 내는 소리에 비해 너무 잘 들리거나 작은 소리는 충분히 작지 않고 큰 소리는 충분히 크지 않다. 손으로 연습하는 시간만큼 머리를 싸매고 무엇이 문제인지 고민하는 시간이 많다.

곡을 시작하는 초반에는 미스터치가 잦아서 더욱 듣기 싫은 소리가 나기 마련이다. 건반을 정확히 누르려면 곡 연습과 하농 연습을 병행해야 한다. '머슬 메모리'라는 표현이 있다. 손가락을 반복 운동해서 어느 곳에 어느 건반이 위치하는지 근육이 기억하도록 하는 것이다. 뛸 수 있게 되기 이전 몸의 움직임에 익숙해지기 위해 열심히 걸음마를 떼야 하는 것과 같은 원리이다.

어느 정도 곡을 익힌 후에도 미스터치가 발생하는 경우가 있다. 근육에 건반의 위치가 충분히 기입되어 있을 때, 그것을 방해하는 것은 생각이다. 딴생각을 하면 틀리는 것이 아니다. 건반 생각을, 지금 내가 하는 연주에 대한 생각을 하면 무조건 틀리게 되어 있다. 내 혀가 어디 있지? 생각하는 순간 입속 어디에 혀가 있어도 어색하게 느껴지는 것처럼, 생각은 곡을 뒤튼다. 건반에 대한 생각, 곡에 대한 생각, 연주에 대한 생각은 연주하는 순간의 전후로 해야 한다. 피아노 치는 스스로를 바라보는 세 번째 눈이 허공에 생겨나는 순간 온몸이 경직되고 연주는 지루해진다. 나는 종종 눈을 감거나 먼 곳을 보며 곡이 자아내는 이미지 속에 잠겨 피아노를 친다. 그럴 때 연주는 가장 자연스럽고 유려해진다.

시를 쓸 때도 마찬가지다. 건반을 생각하면 피아노가 잘 쳐지지 않는 것처럼, 언어를 생각하면 시가 잘 써지지 않는다. 곡을 생각하는 순간 연주하는 손가락이 굳어지는 것처럼, 시를 생각하면 문장 앞에서 주춤거리게 된다. 시에 대한 생각은 시 쓰는 행위의 전후로 하는 편이 낫다. 시를 쓰는 동안 나에 대해 생각하는 경우도 마찬가지다. 대부분 이 편이 최악이다. 내 생각을 하며 시를 쓰면 시는 나를 위한 도구로 전락해버린다. 시에서 나를 변호하게 되고, 나를 설명하게 되고, 나를 서사화하게 되는 것. 언어라는 앙상한 재료로 구성된 시는 그 자체로 이미 너무 인간적이다. 사물의 흔적은 기표로만 남아 있지만, 불행히도 기표화 된 사물은 더더욱 인간적이다. 자아의 함량이 높아질수록 언어가 오가는 공간의 폭은 급격히 좁아진다. 시는 나와 가까운 곳에서 얼어붙는다.

시 쓰는 근육이 어디에 붙는 것인지는 모르겠으나, 어찌 됐건 생각은 접어두고 그것에 기대어 써 내려가는 편이 낫다. 그러니까 허공에 기대는 것이다. 허공의 미래를 시라고 믿으며, 시가 되기 이전의 허공이 자아내는 것들에 잠겨, 그곳의 출렁임에 나의 근육을 맡겨버리는 것이다. 나를 잊은 순간, 시는 이미 나타나 있곤 했다. 나를 잘 닫아둔 방의 창가에서 시는 간신히 모습을 드러낸다.

몸을 가진 인간으로 살아가면서, 내게 몸이 있다는 사실을 잊을 수 있다면, 내 몸에 부과된 존재를 잠시나마 지워버릴 수 있는 순간이 존재한다면, 시를 쓰는 기쁨은 그곳에 있을 것이다. 그러한 기쁨이 언어화되는 순간을 시라고 부를 수도 있을 것이다. 내가 유실되고, 유실된 자리는 시의 형태로 남는다. 시의 언어는 내가 부재하는 침묵의 공간으로 나를 데려간다. 나의 의식 속 손가락이 사라진 자리에 남은 소리들이 스스로 곡을 완성해가는 것처럼. 시는 그렇게 나를 비워내며 지어진다. 시가 아닌 세

계를 보는, 혹은 아무것도 보지 않는 눈 속에서 써 내려가
진다.

타인의 풍경

이십 대 초반에 프랑스의 한 항구 도시에서 교환학생으로 일 년 정도 지냈던 적이 있다. 노르망디 지방에 위치한 르아브르라는 이름의 도시였는데 프랑스 소도시 중 드물게 못생기기로 유명했다. 파리에서 만난 프랑스인들에게 "나 르아브르에 살아"라고 말하면 고개를 절레절레 저으며 "너 정말 운이 없구나"라고 말하는 그런 곳이었다.

도시의 못생김에는 사연이 있었다. 2차 세계대전 당시 노르망디 상륙작전에 의한 함포사격을 당해 도시 전체가 폐허가 되었고, 이후 급히 콘크리트로 쌓아 올린 볼품없는 모듈식 건물들이 르아브르의 대부분을 이루게 되었다고 했다. 생존을 위해 빠른 시간 내에 재건축된 도시답게 거리는 지저분했고 조경은 하나같이 성의가 없었다. 세계대전 이전까지는 폭격을 피한 근처의 다른 도시들처럼 고건물이 즐비한 고즈넉한 분위기였다는 이야기를 전해 들었지만 디스토피아적인 현재의 모습이 강렬하여 잘 상상이 가지는 않았다.

영불 해협에 위치한 르아브르는 영국과 가장 근접한 프랑스 도시이기도 했다. 날씨는 런던과 비슷하게 어둡고 흐렸다. 도심으로부터 조금만 걸어 나가면 해변에 닿을 수 있었지만 바다는 대체로 창백한 먹색이었다. 산책을 할수록 울적해지는 바닷가는 처음이었다. 인상주의 회화 속에 등장하는 희끄무레한 바다들이 대체로 르아브르의 풍경을 모델로 하고 있다고 했다. 최근 파스칼 키냐르 역시 그 도시에서 유년기를 보냈다는 사실을 알게 되었는데, 인터뷰에서 그가 말한 내용은 다음과 같다.

"폐허가 된 아브르 항구에 있던 학교를 다녔어요. 아침이면 폐허 사이를 걸어 등교했죠. 쥐들도 간간이 다니고, 새로 짓고 있던 몇몇 하얀색 건물도 지났어요. 고등학교는 남학교를 다녔어요. 역시나 폐허 속에 있던 학교였죠. 제가 어린 시절을 보낸 곳은 제2차 세계대전 말 연합군의 폭격으로 다 무너진 폐허 도시였습니다. 제가 태어난 시대는, 이른바 누적 총합의 역사적 관점에서 모든 것이 진일보한다고 믿었던 시대가 더는 아니었죠. 그때까지만 해도 인류는 경건하고 감탄스러운 얼굴을 하고 있었는데 그 얼굴이 다 일그러져버린 겁니다."

"제가 당신에게 묘사하고 싶은 건 생생한 상태의 폐

허입니다. 우린 폭격으로 완전히 파괴된 마을에서 살았어요. 학교 건물이 다 무너져서 그 옆에 목조 가건물로 임시 교실을 세웠죠. 그곳으로 들어가기 위해 아침이면 비오는 폐허의 잔해들 속을 걸었습니다. 그 당시에는 표를 가지고 가서 식료품을 배급받았습니다. 지푸라기들이 흩어진 안뜰에 긴 탁자가 놓여 있었고, 우리는 그 위에 놓인 뜨거운 우유를 마셨습니다. 저녁이면 무너진 흙더미 속으로, 바람 속으로 들어갔습니다. 바다에서는 바람이 끊임없이 불어왔고 이 바람을 막아줄 벽 하나 없었습니다. 매주 일요일 오후 아버지는 '재건축'되는 현장을 보여주기 위해 도시 이곳저곳에 우리를 데리고 다니셨어요. 파편과 잔해가 가득한 곳에 쥐와 개 들이 돌아다녔습니다."[1]

일 년간의 체류를 마치고 귀국하기 전 남프랑스로 떠났던 여행에서 느꼈던 박탈감은 아직도 선명하다. 풍요로운 일조량, 새파란 바다, 아름다운 건물과 밝은 표정의 사람들을 마주하며 어째서 나의 일 년이 그토록 척박한 곳에서 흘러갔어야 했는지 약간의 한탄을 했다. 환경도 환경이었지만 그곳에서의 생활은 여러모로 고단했기에 돌아오는 비행기에서 다짐했다. 프랑스에 다시 가게되더라도 르아브르에는 절대 들르지 않으리라.

그렇게 싫어했던 도시의 기이한 모습은 귀국 후에도 한동안 꿈속에 등장했다. 대체로 하루 동안 보았던 장면들과 뒤섞이는 방식이었다. 서울의 골목길을 따라 걷다 보면 그곳의 바다에 도착한다거나, 경복궁 마당에 회백색 콘크리트 건물들이 늘어서 있다거나, 한국인 괴한에게 납치되어 르아브르의 더러운 거리 한복판에 위치한 기숙사로 끌려간다거나 했다.

글을 쓸 때에도 마찬가지였다. 내가 쓰는 소설과 시의 배경에 자꾸만 그곳의 풍경들이 무의식적으로 개입되곤 했다. 분명히 서울에서 발생하는 사건을 구상하고 작업을 시작했는데 소설 속 시간이 얼마간 흐른 뒤에 주인공이 자꾸 르아브르와 닮은 도시로 여행이나 이주를 한다던가, 다른 모티프로 쓰기 시작한 시 속의 화자가 어느 순간 폭격 이후 급히 지어진 조악한 건물들 사이를 걷고 있다던가 했다. 특히 바다가 등장하는 시를 쓸 때, 그곳의 황량한 해변이 아닌 다른 모습의 바다는 떠올리기가 어려웠다.

문제는 그것들이 쓰고 보니 꽤 괜찮아 보였다는 것이었다. 폐허가 되었다가 급하게 다시 지어진 도시라니, 살 때는 지옥 같았지만 글로 다듬고 나서는 상당히 문학적으로 보였다. 나는 글로써 그곳의 일들을 가공하고 묘사하며 만족스럽지 않았던 지난 일 년의 삶을 납득해가는 스스로를 발견할 수 있었다.

이러한 행위에는 일면 징그러운 구석이 있었다. 르아브르의 모습이 등장하는 몇 편의 글을 쓰고 난 뒤 나는 어느 순간 고민에 빠지게 되었다. 고작 일 년 살다 온 도시를 이렇게 대상화해도 되는 것일까. 도시가 겪어온 일들을 자의적으로 편집하여 그것을 '문학적'이라는 과잉된 수사의 대상으로 삼아도 되는 것일까. 문학이란 대체 무엇인가.

나는 폐허가 되었던 도시의 개인들에 대해, 급히 지어진 건물 속에서 평생을 살아가는 사람들에 대해 아는 바가 없었다. 단지 그곳의 거리와 해변을 걸어보았을 뿐이었고, 도시의 역사에 대한 이야기를 어디선가 얻어들었을 뿐이었다. 타지인의 발화는 자신의 시선을 특권화한다는 비판으로부터 자유롭지 못할 것이었으나, 그곳에서 조금 살아보았기 때문에 스스로 어떠한 발언권을 획득했다는 생각을 하고 있었다는 결론에 이르자 더 이상 르아브르를 배경으로 한 글을 쓰지 않기로 결심할 수밖에 없었다. 쓴다 하더라도 간략한 설명만 제시하여 도시의 역사를 과장하거나 세공하지 않는 방식을 택하고자 했다. 잘 되었는지는 지금도 잘 모르겠다.

그로부터 몇 년의 시간이 흘러 튀니지로 여행을 가게 되었다. 아프리카 대륙은 처음 가보는 것이었는데, 직항이 없어 파리 샤를 드골 공항에서 환승을 하고 튀니지 공항에 도착하기까지 약 열아홉 시간이 걸렸다. 튀니지라는 나라에 대한 애정 탓에 그 긴 여정을 택한 것은 아니었다. 그곳에서 직장을 구해 살고 있는 대학 동기가 숙식과 교통편을 제공할 테니 놀러 오라고 권하였기 때문이었다.

친구의 차를 타고 튀니지의 산과 바다와 평야를 발길 닿는 대로 들렀다. 동북아시아의 작은 나라에서는 볼 수 없었던 스케일의 자연 앞에서 나는 자주 압도되었다. 특히나 그곳의 하늘이 몹시 아름다웠다. 해 질 녘마다 온 세상이 짙은 붉은빛으로 물들어가는 모습, 구름 낀 하늘의 틈으로 쏟아지는 직선의 빛, 길목마다 풀을 뜯고 있는 산양 떼의 등 뒤로 펼쳐지는 끝없이 푸른 하늘은 눈에도 잘 담기지 않아 버거웠다.

먹구름이 가득했던 어느 날, 차를 타고 한참을 달려

동쪽 끝에 도착했다. 그때 육지를 향해 거대하게 몰려오던 검은 바다 앞에서 동행한 한국인 모두는 말을 잃었다. 그러나 그곳에서 오래 살아온 듯한 몇 명의 주민들은 (우리 눈에는 너무나 어마어마했던) 바다의 모습에 눈길도 주지 않은 채 풍경의 일원처럼 그곳에서 대화를 나누거나 물건을 팔고 있었다. 당연한 일이었다. 나는 습관적으로 그들의 삶을 상상하고, 나름의 이야기를 떠올리다가, 르아브르를 소재로 쓴 글 속에서 저질렀던 실수들을 떠올리며 관두었다.

'풍경'이라는 단어 역시 사실은 타자의 것이었다. 단어에 얼마간의 과장과 낭만성이 깃들어 있다는 뜻이다. 나는 여행 갔던 도시의 이름을 제목으로 한 시를 여러 편 써 왔고, 시집에도 몇 편이 수록되어 있다. 흔히 '여행시'라고 불리는 시들이다. 시 속에는 눈이 낡지 않은 이방인으로서의 경외감과 잘 모르는 곳을 글로 쓰는 자의 멋쩍음이 혼재하고 있다. 무언가에 대해 쓰는 행위는 타인 되기를 자처하는 일이지만, 동시에 완전히 타인은 아님을 선언하는 일이기도 했다. 일종의 오지랖인 셈이다.

나는 이러한 오지랖을 이제 관두고 싶다. 외부의 것들을 자아에 복무하게 하는 방식으로 치환하는 글쓰기라면 조금 지겹다. '쓰고 보니 꽤 괜찮아 보이는 것들'이 이제는 예전처럼 괜찮아 보이지 않는다면 이제 무엇을 써야 하며, 또 쓸 수 있을 것인가. 튀니지에 다녀온 이후 지금까지 계속해온 고민이다. 철저히 관찰자로서 존재해야 하는 타지에서는, 쓰는 일을 직업으로 가진 사람으로서의 반성이 나날이 짙어졌다. 여행으로부터 받는 영감이 클수록 그랬다.

쓰고 남기는 사람으로 살아가면서, 감응하는 것에 지나친 의미를 부여하지 않고, '문학적'이라는 과잉된 수사 밖에서 써나가는 일이 가능할지 모르겠다. 그러나 지금처럼 이렇게 쓸 수 없음에 대해 쓰기, 쓸 수 있었던 것들에 대해 고민하는 일을 반복할 뿐이다. 이렇게 더 이상 쓰지 못하는 것에 관하여 쓰는 일이 쓰고 말하는 일의 비루함을 잠시 덜어줄 것이라는 믿음을 은근히 품으면서 말이다.

---

1 『파스칼 키냐르의 말』, 파스칼 키냐르, 샹탈 라페르데메종 지음,
   류재화 옮김, 마음산책.

불과 녹

불타는 거랑 녹스는 건 사실 같은 화학 반응이야. 속도의 차이가 있을 뿐이야.

화학을 전공한 친구가 통화 중 아무렇지 않게 이야기를 들려주었을 때, 그 내용의 아름다움에 누운 채로 정신이 아득해졌다. 눈앞의 흰 천장에서는 새빨갛게 타오르는 불의 형상과 붉게 삭아가는 쇠의 형상이 뒤섞이고 있었다. 머릿속 영상은 곧이어 불타는 숲의 입구에 세워진 녹슨 자전거의 모습으로 바뀌어 상영되었다.

왜 나는 저 짧은 문장에 그토록 매혹되었을까? 불타는 이미지와 녹스는 이미지의 어떠한 속성이 나를 사로잡았던 것일까. 그 둘이 실은 같은 현상이라는 사실이, 그러한 다름이 단지 시차에 의해 발생하는 것이라는 단순한 사실이 왜 이렇게까지 아름답게 느껴졌을까. 친구의 말은 나의 첫 시집 『나이트 사커』에 부록으로 수록된 산문 「비주류 천사들」의 첫 문장이 되었다.

시집이 출간되기 몇 달 전까지 내심 '불과 녹'을 시집 제목으로 정해두고 있었다. 우연이었는지, 혹은 미감이란 애당초 내재되어 있는 것이므로 위의 이야기에 매혹된 것이 오히려 사후적인 일이었는지 모르겠으나, 오래전 써둔 '녹'이라는 제목의 시와 불이 중심 소재로 활용된 '위증'이라는 시가 마침 시집에 수록될 예정이기도 했다. 주변의 반대로 제목을 변경하였지만 나의 마음은 아직도 첫 시집의 이름을 약 30퍼센트 정도 '불과 녹'으로 여기고 있다.

매혹이란 무엇일까. 알다시피 그것은 불능의 상태가 되는 것이다. 존재의 자율을 상실하고, 마음의 근육이 녹아내리고, 액체에 가까운 모습이 되어 보이지 않는 물길 따라 한없이 흘러가버리게 되는 것. 그리고 그 이전으로는 다시 돌아갈 수 없게 되는 것. 한강의 소설 『희랍어 시간』에는 이런 대사가 나온다. "넌 철학을 하기엔 너무 문학적이야." 주인공은 선생이 "앞으로 내 머리는 하얗게 셀 겁니다. 그러나 그것은 지금 현실적으로 존재하지 않죠. 지금 눈이 내리고 있지 않지만, 겨울이 되면 적어도 한번 눈이 올 것입니다."라고 말했을 때, 오직 젊은 우리의 머리칼이 서리처럼 희어지며 눈발이 흩날리던 순간의 환상, 그 중첩된 이미지의 아름다움에만 감동했을 뿐이라고 말한다. 입증할 수 없는 아름다움에의 매혹 앞에 자꾸 무릎 꿇게 되는 것. 아름다움의 권능에 복종하여 논리와 체계 앞에서 눈을 감는 일. 시와 철학이 사이가 좋지 않은 이유는 어쩌면 각자 다른 신에게 복종하고 있기 때문일 것이다.

돌이켜보면 시집에 수록된 시의 대부분은 매혹의 기록이기도 했다. 사람에의, 혹은 사물에의 매혹, 장면에의, 언어에의, 감정에의 매혹, 나 자신에 너무 속해 있는 것에 대한 매혹, 혹은 나 자신을 완전히 배제해버린 것에 대한 매혹. 매혹의 경험은 이미지로 귀결되거나 언어적 운동으로 화하거나 문장에서 말해지지 않는 여백의 순간으로 남기도 했다. 이를테면 이차대전 이후 급하게 건축된 조악한 도시에서 지내는 동안 보았던 장면들이나, 수족관에서 촬영한 필름 사진을 인화하였는데 새파랗게 나올 줄 알았던 장면들이 모두 흑백으로 찍혀 있던 순간, 조립되고 해체되며 부지를 옮겨 다니는 놀이공원에 놀러 갔던 기억 같은 것들.

몸이 겪은 매혹은 문장과 이미지로 배열되면서 확장되고 또 소멸하면서 한 권의 시집 속에서 일관성과 불균형을 동시에 발생시켰나. 매혹되었다는 사실은 확실하나, 매혹됨의 원인은 발견할 수 없는. 흔들림은 분명하게 인지할 수 있으나, 이 지진의 진원지를 찾을 수 없는. 사실, 굳이 설명하고자 한다면 어렵지 않게 해낼 수도 있을지도 모른다. 시의 형식을 어찌어찌 분석하거나 동시대 화두 내에 배치하거나 유서 깊은 비평적 용어를 활용하는 일도 가능할 것이다. 그러나 실재했던 매혹에 대해 발설하는 동안 유실되는 것들을, 나는 그저 침묵 속에 놓아두고 싶기도 하다. 사실은 그 모든 발생이 단지 속도의 차이에 의한 것일지도 모르겠다고 생각하면서.

달걀과 닭

　2019년 10월은 내게 영영 잊을 수 없는 한 달이었는데, 그 한 달간 클라리시 리스펙토르의 『달걀과 닭』을 읽었기 때문이었다. 리스펙토르가 강렬했던 숱한 이유 중 하나는 그가 문학에서 단 한 번도 본 적 없는 방식으로 감각을 선택하고 있다는 점이었다.

　글을 쓰는 것은 필연적으로 어떤 문장 다음에 어떤 문장을 쓸지 선택하는 일이고, 매 시간 새롭게 탄생하는 과거와 현재와 미래 중 어느 순간을 글 속으로 건져 올릴지 고민하는 무의식의 험난한 낚시질 곁에 무릎 꿇고 앉아 있는 일이다. 이를테면 누워서 이 글을 쓰고 있는 나에게 지금 당장 발생하고 있는 무한한 감각들, 두 눈의 피로, 등에 닿는 침대의 촉감, 익숙한 방의 냄새, 몇 시간 전에 마신 술로 인한 잔잔한 복통, 내일은 일어나자마자 청소를 해야겠다는 옅은 다짐, 잠을 자고 싶다는 욕구 같은 것들 중 나라는 개인의 다음 이야기를 쓰기 위해 어떤 감각을 택하여 언어화를 시키는가에 대한 문제인 것이다. 글이 나아갈 방향이 뚜렷하지 않다면 언어화된 감각은 무의미한 발화 수준에 머물다 흩어질 것이다. 반대로 지나치게 명징한 방향성을 지닌다면 감각은 감각 자체로 글 속에 실존하지 못하고 문학성이라는 허구에 속박되어 부자유하고 경직된 형체로, 어떠한 떨림도 움직임도 없이 진열되어 있을 것이다.

　　그러나 리스펙토르의 글은 의미라는 관습적인 그물에 포획되지 않는 뚜렷한 방향성을 가지는 동시에 그것을 향해 가는 동안 끊임없이 발견되는 감각에 대해 말하고 있었다. 전업 주부의 부엌에 잠시 쏟아진 햇볕이기도 하고 차창 밖으로 보게 된 껌 씹는 장님이기도 하고 문득 마주친 달걀이기도 하며 집 안을 뛰어다니는 황금빛 병아리이기도 하고 자신의 생일을 맞아 집에 온 자식들과 그 자식의 자식들이 징그러워 견딜 수 없는 노인의 마음이기도 한 그것은 아슬아슬하게 말하고자 하는 바(라고 오해할 만한 것)에 가닿기 전까지 끝없이 동요하고 튀어오르며 그 어떤 텍스트보다 생생하게 살아 있는 모습으로, 닳지 않은 방식으로 현현하고 있었다. 누구도 아무것도 모른다는 것을 전제하고 있는 글의 아름다움을 넘어, 누구도 아무것도 모르기 때문에 가능한 존재의 발생 그 자체를 논하고 있는 것이다. 그래서 그의 글을 읽는 나는 그저 존재, 물질들의 일시적 결합에 지나지 않는 나의 존재를 등골이 오싹할 만큼 실감하게 되고 마는 것이다.

　한눈에는 파편적인 감각의 나열에 불과한 것처럼 보일 법한 그의 진술들은 소설의 전반부에 대체로 발화되고(그러나 조금만 더 들여다보면 그 감각들의 무시무시한 핍진함에 정신이 혼미해진다), 사건이 발생하는 후반부는 오히려 짧은 장면을 잘라내 보여주는 시의 방식에 가깝다고 느껴질 만큼 가볍게 진행된다. 가장 혀를 내두르게 되는 부분은 결말이다. 결말은 비명처럼 이루어진다. 단말마의 외침처럼, 한순간의 죽음처럼 갑작스럽고 믿을 수 없게, 그러나 믿지 않을 수 없게 폭발처럼 일어나는 이 서사의 끝은 얼마나 존재의 그것과 닮아 있는가. 그의 소설은 형식 자체가 삶에 대한 거대한 은유 같아서 나는 옴짝달싹할 수 없는 상태로, 넋이 나가 동공이 풀린 얼굴로 그가 제시하는 결말 앞에 경악한 채 있게 된다. 이토록 진정한 독자가 되어본 경험이 얼마만인가. 기억나지 않는다.

없는 개

개가 있었다.

개가 있었다, 고 했다. 아무도 얼굴을 기억하지 못하는 개가.

개는 집에서 길러졌다. 서울의 어딘가, 마당에서 자라난 대추나무 가지들이 창가에 드리워진 주택의 2층에서. 식구가 다섯이었다가 넷이었다가 셋이 된 집이었다. 옥상도 있고 계단도 있고 베란다도 있고, 비슷하게 생긴 주택들이 다닥다닥 붙어 있는 동네. 아마도 볕이 잘 들던 거실. 거실 바닥에 넓게 쏟아지는 빛 속에서 개는 졸기도 했을까. 밥그릇은 철이었을까, 도자기였을까. 산책은 얼마나 자주 했을까. 어떤 날에는 마당에 묶여 있기도 했을까. 같이 사는 사람들을 사랑했을까. 좋아하던 장난감이 있었는지, 손님을 반겼는지, 사나운 성격이었는지, 애교가 많았는지, 식구들은 그 개를 얼마나 예뻐했는지……

털은 어떤 색이었어?

크기는?
이름은 뭐였어?

아무도 기억이 나지 않는다고 했다. 그냥 개가 있었다고. 우리 집에도 개가 있었다고 했다.

할아버지가 돌아가신 후 할머니를 위해 데려온 개였다고 했다. 할아버지와 할머니, 함께 살던 세 명의 자식 중 첫째는 결혼하여 독립하고, 할아버지는 돌아가시고, 두 명의 형제와 할머니가 함께 키우던 개.

그러니까, 우리 집에도 개가 있었다는 말을, 개를 키우면 안 되냐고 졸랐던 일곱 살 무렵 처음 들었다.

안 돼. 우리 집에도 개가 있었어.

안 돼, 라는 단호한 거절과 우리 집에도 개가 있었다는 과거형 문장이 대체 무슨 관련이 있는지 알 수 없었으나, 어찌 되었건 우리 집에는 개가 있었던 모양이었다. 개를 기르면 안 되냐는 부탁은 유년 시절 내내 번번이 거절당했다. 나는 거절당하면서도 수없이 물었다. 우리도 개를 키우면 안 돼?

늘 개를 상상했다, 나만의 개를. 이름을 부르면 달려와 안기는 따뜻한 털 뭉치를. 유치원을 마치고 집에 돌아오면 언제나 나의 곁에 있을 존재를. 매일 울어대는 동생 말고, 집에서도 함께할 수 있는 친구를.

우리 집에 살았던 개, 할머니와 고모와 삼촌이 함께 기르던 개, 그 개의 행방을 물어볼 생각이 들었던 건 성인이 되고도 한참의 시간이 흐른 뒤였다. 하나의 생명을 건사하는 일에 많은 책임이 따른다는 사실을 서서히 알게 된 후 나는 더 이상 개를 갖고 싶다는 말을 꺼내지 않았다.

마당이 있으면 개 한 마리라도 기르지 그래.

얼마 전 은퇴 후 단독 주택을 지어 살 계획을 짜고 있던 아빠에게 넌지시 말하자, 그는 대답했다. 우리 집에도 개가 있었어.

오랜만에 듣는 말이었다. 그 순간 나는 비로소 개가 어디로 갔는지, 나는 어째서 본 적이 없는지, 죽었거나 잃어버린 것인지, 한 번도 궁금해한 적 없었다는 사실을 깨달았다.

그 개는 어디로 갔어? 죽었어?

아빠는 대답했다.

네가 태어나서 버렸어.

버렸다고?

그러니까, 할아버지가 돌아가시고, 할머니의 외로움을 달래기 위해 데려온 개는, 따로 살던 첫째 아들의 가족, 그러니까 나의 부모가 다시 할머니 집에 들어와 살게 되면서, 시간이 흘러 그들 사이에서 아기가 태어나는 바람에, 아기와 개를 함께 키우기는 어려우니까, 아무래도 털도 날릴 것이고, 연약한 두 생명을 건사하는 일은 어른이 다섯이어도 힘든 일이니까…… 버려졌다는 것인가.

응, 아기가 태어났으니까, 같이는 못 기를 거 같아서.

나는 다시 물었다.

털은 어떤 색이었어?

크기는?

이름은 뭐였어?

기억이 안 나는데. 아무튼 개가 있었어.

개를 어디에 버렸어?

그것도 기억 안 나는데, 남의 집에 줬던 거 같기도 하고……

내가 태어나서 버려진 개. 자신의 삶을 나의 탄생과 교환당한 개. 내가 태어나지 않았더라면 사랑하는 가족들과 여생을 함께했을 개. 어느 날 가족 중 한 사람의 품에 안겨 어딘가로 옮겨졌을 개.

나는 얼굴도 본 적 없는 그 개를 영영 잊지 못하게 되었음을 알았다.

그 순간 개는 함께 산책이라도 가는 줄 알고 좋아했을 것이고, 가족들이 떠난 뒤 하루가 지나고, 이틀이 지나고, 몇 달이 지나고, 그들이 영영 돌아오지 않을 것임을 개가 실감 했을 때, 그 후 몇 년의 시간이 흘러 개가 죽음을 맞이하던 순간에, 가족들의 얼굴을, 나의 할머니와 고모와 삼촌의 모습과 손길을 떠올렸을지도 모르고, 그런데 그들은 이제 와 개의 얼굴조차 더는 기억하지 못하고, 나는 개가 받았어야 할 가족의 사랑으로 이렇게나 장성한 인간으로 자라났다는 게, 너무 미안하고 끔찍해서.

가족들의 성정상 길바닥에 기르던 개를 버리지는 않았을 테지만, 개를 기르겠다는 어느 집에 보냈을 테고 부디 그렇게 믿고 싶지만…… 나는 개들의 얼굴을 보기가 조금 어려워졌다. 내가 없었다면 영영 사랑하는 가족들 사이에서 자랐을 개를. 내가 나고 자란 그 집에서, 내가 받을 귀여움을 대신 받으며 살았을 개를 떠올리게 되어서.

그 개를 생각하면 너무나 미안해서, 견딜 수 없이 미안해서, 남은 생 동안 이 죄악감을 어떻게 견뎌야 할지 모르겠는 마음이 되어서.

토코와 나

내가 사랑한 최초의 창은 그 방에 있었다. 방은 아주 작았다. 간신히 몸을 뒤집을 수 있는 크기의 작은 침대, 그리고 그 침대가 하나 더 놓일 만한 여분의 공간이 전부였다. 나무로 된 책상과 의자가 있었지만 그 역시 아주 작았다. 그리고 창이 있었다.

창밖으로는 무성한 나뭇잎들, 잎들이 뒤섞이며 만들어내는 얼기설기한 그늘들, 그 너머에 매끄러운 자갈로 포장된 길과 길 따라 흐르는 론강이 보였다. 론강의 폭은 한강의 삼분의 일 정도밖에 되지 않았지만 도시의 중앙을 유려하게 가로질렀다. 어떤 날은 하루 대부분의 시간을 누운 채 창밖을 구경하며 보내곤 했다.

유리창을 통과한 여름은 좁은 방을 뜨겁게 달구었다. 낮의 열기는 밤이 되어도 잘 식지 않았다. 1.5리터 페트병에 차가운 물을 담아 껴안고 자기도 했다. 에어컨이 설치된 기숙사 로비는 언제나 어학연수를 온 다국적의 학생들로 붐볐다. 차가운 페트병을 안고 자는 방법은 같은 층에 사는 토코가 알려준 것이었다. 어학원 여름 학기 첫 수업에서 토코를 만났다. 불어로 서로의 국적을 묻는 미션을 수행하는 중이었다. 머리카락과 눈이 유독 새까만 동양인 한 명이 내게 다가와 물었다. 뛰 비앙 두? 쥬 비앙 드 꼬헤. 어디에서 왔냐는 질문에 나는 한국에서 왔어, 라고 답하자 칸코쿠? 그가 일본어로 되물었다. 하이, 칸코쿠데스. 내가 다시 대답했다.

토코는 나보다 두 달 먼저 이곳에 왔다고 했다. 그는 나보다 두 달만큼 불어를 더 잘했다. 함께 귀가하는 동안 우리는 불어와 영어와 한국어와 일본어를 모두 섞어 대화했다. 내가 토코보다 잘할 수 있는 언어는 한국어뿐이었다. 그에게는 이미 이곳에 사는 프랑스인 친구들, 어학 연수를 오래 한 일본인과 한국인 친구들이 있었다. 나는 토코를 제외한 이곳의 누구와도 대화해본 적이 없었다.

오늘 저녁에 파티(soirée)가 있어, 너도 올래? '수아레'가 무슨 말이야? 그건 파티라는 뜻이야. 토코는 매번 내게 새로운 단어를 가르쳐주었다. 그를 따라간 파티에서 만난 사람들과는 토코의 문장들을 따라 말하며 대화를 나누었다. 나의 불어에는 점점 일본어 억양이 섞여가고 있었다. 어느 날에는 불어로 대화하던 한국인 상대에게 내가 한국인임을 밝히자 그가 깜짝 놀라며 당연히 일본인인 줄 알았어요, 일본 사람처럼 불어를 하시네요, 라고 말한 적도 있었다.

그 이야기를 토코에게 전하자 토코는 큰 소리로 웃었다. 우께루. 우께루라는 말은 일본어로 웃기다는 뜻이야. 잇 민즈 퍼니. 토코가 말했다. 하지만 사전에는 없어, 은어 같은 거야. 한국어랑 비슷하네. 한국어로는 웃기다, 라고 해. 내가 대답했다. 우께루. 웃기다. 우끼다. 정말 비슷하다.

수업이 없는 주말에 우리는 론강을 따라 걸었다. 어느 날은 해가 지는 중이기도 했고 어느 날은 해가 뜨는 중이기도 했다. 그렇게 걸어서 구시가지에 갔다. 높은 곳에 위치한 구시가지에는 도시가 한눈에 내려다보이는 성곽이 있었다. 낮은 건물에 켜진 불빛들이 은은하게 반짝였다. 그곳에서 함께 들고 온 와인을 마시거나 내려오는 길에 발견한 술집에서 칵테일을 마셨다.

우리는 방에 들어가지 않고 기숙사 현관 앞 벤치에 앉았다. 낮이든 밤이든 옆 벤치에서는 이곳에서 연인이 된 사람들이 키스를 나누거나 서로에게 기대어 앉아 있었다. 근처에 사는 검은 고양이 한 마리가 지나다니며 사람들의 발목에 머리를 비비곤 했다. 한국인들은 왜인지 그 고양이를 크리스토퍼라고 불렀다. 일본인들은 '토라'라고 불렀다. 호랑이라는 뜻이라고 했다.

크리스토퍼, 이리 와, 내가 부르면 토코는 토라, 이리 와, 하고 다시 불렀다. 고양이는 어떤 이름에도 답하는 법이 없었다. 나는 벤치에 앉아 담배를 피웠다. 토코는 담배를 피우지 않았지만 늘 같은 벤치에 앉아 있었다. 토코는 내가 담배 피우는 것을 싫어했다. 네가 떠날 때까지 담배를 피우지 않기로 약속하면, 내가 선물을 줄게. 토코가 말했다.

이곳에서 보내기로 약속된 시간은 여름 한 달이었다. 나는 다음 달에 노르망디에서 시작될 교환학생 프로그램을 앞두고 있었다. 노르망디까지는 기차로 여섯 시간 정도가 소요되고 파리에서 한 번의 환승을 해야 했다. 아마 이곳에 돌아올 수는 없을 것이었다. 혹여 돌아온다 해도 토코가 있으리라는 보장은 없었다. 그때까지 토코가 이곳에 있더라도 다시 만난 우리가 지금과 같으리라는 보장은 더더욱 없었다.

남은 시간은 일주일 정도였다. 알았다고 대답하자 토코는 자신의 방으로 나를 데려갔다. 좁은 방에서 토코가 건넨 것은 일본어로 쓰인 한 권의 책이었다.

토코는 불어와 영어를 섞어가며 설명을 시작했다. 내가 제대로 이해한 것이 맞았다면 토코가 학창 시절에 가장 좋아했던 책이며, 일본에서도 그리 유명한 작가의 작품은 아니고, 누군가는 가벼운 로맨스 소설이라 말할지 모르지만 본인에게는 깊은 감명을 준, 망가진 도시를 배경으로 한 소설이라고 했다. 책은 표지가 너덜거렸다. 가져온 유일한 일본어 책이라고 했다. 불어 공부를 위해 일부러 일본어로 된 책은 가져오지 않았다고, 이거 한 권만 챙겨 왔는데 너에게 주고 싶다고. 토코는 말했다.

그러나 나는 한자로 적힌 책의 제목과 저자의 이름조차 읽을 수 없었다. 나는 일본어를 읽을 줄 몰라, 내가 할 줄 아는 일본어는 칸코쿠나 우께루 같은 것뿐인데 어쩌지? 내가 묻자 토코는 다시 만날 때까지 너는 일본어를 공부하면 돼, 나는 한국어를 공부할게, 라고 말했다. 그리고 우리 그땐 좀 더 자유롭게 대화하는 거야.

토코는 첫 페이지를 읽어주었다. 나는 토코가 길게

낭독하는 일본어 발음이 듣기 좋다고 생각했다.

일주일 동안 나는 정말 담배를 피우지 않았다. 창문에서는 우리가 앉아 있던 벤치가 내려다보였다. 가끔 그곳에 혼자 앉아 있는 토코가 보였다. 그를 발견하면 나는 내려갔다. 그곳에서 많은 이야기를 나누었다. 각자의 고향에 대해, 유년에 대해, 우리가 다시 만나게 될 미래에 대해, 함께하지 못했던 많은 일들에 대해, 어떤 사랑에 대해. 나의 불어는 점점 더 일본어의 억양을 닮아갔다. 열대야가 조금씩 끝나가고 있었다.

노르망디로 떠나기 전 마지막 밤이었다. 토코에게 전화가 왔다. 현관으로 내려가자 토코와 친구들이 케이크에 불을 붙여두고 있었다. 친구들은 현관과 벤치에 마음대로 주저앉아 술을 마셨다. 토코는 마지막 밤이니 노래를 불러주겠다고 했다. 무슨 노래를 부를 거냐고 묻자 '마이 메모리my memory'라는 한국 곡이라고 했다. 드라마 〈겨울연가〉의 OST였다. 뻔한 선곡에 웃음이 났다. 너무 한국인에게 일본인이 불러줄 법한 노래잖아, 내가 말하자 토코도 멋쩍은 듯 웃으며 서툰 발음으로 노래를 시작했다.

"마이 메모리, 모두 기억해요 그 순간, 눈을 감으면

아주 작은 일도 보이네요……"

　토코가 준 책을 가지고 노르망디에 갔다. 노르망디의 날씨는 춥고 어두웠으며 타지 생활은 녹록지 않았다. 나보다 두 달 앞서 그곳에 온 사람도, 자신이 먼저 알게 된 새로운 단어를 알려주는 이도 없었다. 도중에 히라가나를 익혔지만 히라가나를 읽을 줄 안다고 해서 그 책을 읽을 수 있는 것은 아니었다.

　그곳에서 일 년을 사는 동안, 책은 어느 순간 사라져버렸다. 간헐적으로 안부를 나누던 토코와의 연락도 끊어졌다. 한국에 돌아가기 전 전화를 해보았지만 없는 번호라는 안내가 들려왔다. 교토로 돌아간 모양이었다.

　그로부터 거의 십 년의 시간이 흐른 지금, 책의 내용을 다시 상상한다. 높은 확률로 시시한 로맨스 소설이었을 것이다. 희대의 아름다운 작품은 아닐지라도, 어떠한 장면에서 나를 사로잡는 이야기였을 것이라는 기대를 나는 간직할 수 있었다. 여전히 일본어를 할 줄 모르지만 다시 토코를 만난다면 말해주고 싶다. 그 책을 끝내 읽지 못했듯, 끝까지 펼쳐보지 못한 우리의 시간들이 아직도 눈을 감으면 아주 자은 일도 보일 듯 선명하다고.

메모들

도시의 모든 공간은 간판과 표지판과 현수막의 글자들로 북적거린다. 늘 무언가 지시되고 암시되고 표기된다. 자연에는 이러한 언어의 포화가 없다. 자연은 언제나 고도의 침묵이다.

❧

텍스트로 참여한 공연의 애프터 파티에서 제비뽑기를 통해 돌아가며 질문을 하는 식순이 있었다. 누군가 나에게 "김선오 시인이 기억력이 나쁜 이유는?" 하고 물었고 나는 깜짝 놀라 "어떻게 아셨어요?" 하고 답했는데, 알고 보니 텍스트에 "나는 기억력이 나쁜 편이다"라는 문장을 두 번이나 썼던 것이었다. 모두가 웃었고 나는 정말로 기억하지 못했기에 물어본 것이었으나, 덕분에 내가 쓴 글의 진정성을 증명하게 되어 약간 기뻤다.

❧

아마추어 피아니스트가 연주한 빌리 조엘의 '피아노 맨piano man'을 듣는다. 피아노의 소리는 건반과 연결된 해머가 현을 때려서 내는 것인데 이 연주자의 업라이트 피아노에서는 희한하게도 나무에 부드럽게 부딪치는 듯한 소리의 결이 들려서 좋다. 터치가 조금 거친 것도 좋고. 아주 자유로운데 박자는 정확하게 지키는 것도. 이 연주를 굳이 찾아 듣는 이유는 "전공자인데 이 연주만큼은 리스너로서 즐기게 된다"라는 댓글을 보았기 때문이고, 그것이 내가 생각하는 좋은 음악이기도 하기 때문이다.

♪

한 달만의 레슨이었다. 새로 배우기 시작한 모차르트의 작은 별 변주곡이 참 좋다. 가볍고 단순한 선율을 잘 표현하기가 가장 어려운 피아노의 방식이 아름답게 느껴진다. 도약음에서는 좀 더 메시지가 드러나게, 왼손은 오른손보다 조금 작지만 일정하게, 오른손의 선율은 흐트러짐이 없도록 손목을 고정하고.

원장님은 내 손가락을 잡고 하나하나 음을 눌러주었다. 완전히 힘을 뺀 손끝이 건반 깊숙한 곳까지 들어갔다 나오기를 반복했다. 이런 식의 연주는 대가들이나 가능한 거라고 했다. 쌀 포대에서 한 줌씩 쌀을 꺼내놓는다 가 정하면 그 양을 모두 같은 정도로 맞추는 것처럼 음의 세 기를 맞춰야 한다고. 단순한 선율이지만 색깔도 있고 하 려는 말도 있다고.

♪

연희문학창작촌에 입주했다. 나무에 둘러싸인 창밖이 아름답다. 큰 책상 앞에 앉아 밖을 내다볼 수 있다. 내 방 은 정문과 가까워 하루에도 몇 번씩 밖을 오가는 모르는 얼굴의 작가들이 내려다보인다. 드문드문 비가 왔다. 빗 소리를 좋아하지만 하늘이 흐리면 나뭇잎 색이 탁하게 보인다.

이곳의 친근한 고양이와 강아지가 기쁨을 준다. 늘 현관에 묶여 있는 강아지를 피아노 학원 가는 길에는 만 져주지 못한다. 지저분한 손으로 건반을 누르기 미안하 기 때문인데 개집을 외면하며 정문을 나서는 동안 개에 게 미안하다고 생각했다. 저녁에는 지가 베르토프의 무 성영화를 틀어두고 클래식 음악을 랜덤 재생한다. 음악 의 분위기에 따라 장면이 다르게 보이는 것이 재미있다. 흥미로운 이미지들을 찾고 싶어 보기 시작했는데 기억에 남는 것은 아직 없다. 손목의 주름, 아이의 얼굴에 앉았다 가는 파리, 큰 카메라 위에 기어올라가 작은 카메라로 촬영을 하는 주인공의 모습 같은 장면들은 재미있었다. 보여주고 싶은 것을 직접적으로 보여주는 느낌이 좋다. 범람하는 현대의 이미지들에 오염되지 않은 날것의 감흥이 오래된 무성영화에는 남아 있다.

꒨

조용한 공방에서 도예를 배우고 싶다. 흙에 손을 담그고 한참 있어보고 싶다. 물레에서 튀는 흙을 맞아보고 싶다. 손재주가 하나도 없는데 왠지 잘할 수 있을 것 같다. 수업이 끝나면 아주 시끄러운 공연을 보러가고 싶다. 슬램 하는 관객들을 보며 빙빙 도는 물레를 떠올리고 싶다.

꒨

며칠째 몸이 좋지 않았다. 침대에 누워 책장을 올려다보는데 그 사각의 형태, 뾰족한 모서리가 있고 서로가 서로를 가로지르는 선반의 형태가 너무나 기이하게 느껴졌다. 시공 속에 책장이 존재한다는 사실이, 저러한 모양의 사물이 책장이라는 도구이자 가구라는 사실이 믿기지 않게 이상했다. 그러다 내 방이라는 공간 자체가 이상하게 느껴지기 시작했는데, 내가 시각을 제외한 모든 감각을 잃어버린 하나의 덩어리로서 이곳에 놓여 있는 존재가 된 것처럼 이상했다. 처음 느껴보는 생경함이었다. 잠시 언어가 없는 상태에 진입한 느낌이었다. 책장이라는 존재의 시각적 기이함. 그 기이함을 뒷받침해줄 논리의 완전한 상실. 논리란 언어적 질서, 메타적 세계일 것이고, 책장의 모양이 논리적으로 이해가 되지 않는, 다른 행성의 풍경을 본 것 같은, 믿기지 않는 이 감각은 그렇다면 탈메타적 감각일 것이고, 그러나 이러한 탈메타적 감각 역시 언어 없이 설명될 수 없다면, 그것은 대체 무엇인지……

ೲ

어제 꿈에는 블랙홀이 나왔다. 알 수 없는 타인이 있었고, 타인이 내게 보여주는 알 수 없는 사물이 있었고, 그 사물은 타인 곁의 작은 블랙홀로 빨려 들어갔다. 블랙홀은 모든 빛과 색을 빨아들인다 말하며 그가 블랙홀 안에 손을 넣었다 뺐다. 그의 손끝이 잉크에 잠겼던 것처럼 검게 물들어 있었다.

ʃ

대학원에 다닌 지 일 년 반. 나는 대학원이 별로다. 죄다 푸코나 들뢰즈, 데리다와 하이데거 이야기를 하는 것이 특히 별로다. 그들은 서양의 사람들이고, 신의 가호로 충만했던 시절에서부터 신의 멸망까지를 지켜본 경험이 있지만, 창조주가 존재하지 않는 동양에서, 그중에서도 한국이라는 유별난 지역에서, 매 순간 생동하고 변화하는 이 나라의 언어로 지어진 문학에 대해 말하기 위해 정말 이렇게까지 많은 푸코 들뢰즈 데리다 하이데거가 필요한 것인가? 그들의 영혼과 우리의 영혼이 과연 얼마나 비슷할까? (라고 분노하며 논문을 쓰기 위해 『천 개의 고원』을 펼치는 대학원생.)

ʃ

사물에 대해 시를 쓰기 시작하는 순간 어떤 수줍음을 느끼게 된다. 그와 나 사이에 놓인 거리를 자각하는 순간 더이상 함부로 다가설 수 없고, 그로 인해 나의 존재가 멋쩍어진다.

♪

피아노 연습과 시를 퇴고하는 과정이 몹시 비슷하게 느껴진다. 양쪽 다 리듬과 촉감과 정서와 심상을 결정하는 일이라는 점에서. 음의 깊이와 길이, 무게, 호흡, 더듬거림을 고르는 일과 문장에서 적합한 단어(음절의 길이, 의미의 진폭, 상투성, 조사 유무, 구어/문어체의 사용 등)를 탐구하는 일이 정말 비슷하다. 피아노를 정교하게 칠 수 있어질수록 시를 보는 눈도 더 정교해짐이 느껴진다. 하나의 음을 연주할 때 처음에는 그 방식의 선택지가 2개였다면 시간이 지날수록 5개, 6개, 10개로 늘어나게 되는데 그러한 가능성을 피아노에서 체험하자 시에서도 2개였던 단어의 선택지를 5개, 6개, 10개로 늘려갈 수 있게 되고…… 이에 따라 낡아진 눈도 다시 새것 같아진다.

♪

근본 없는 방법으로나마 일주일에 서너 번 꾸준히 명상한 지 어느덧 2년이 다 되어간다. 명상을 할수록 알게 되는 것은, 죽음은 기나긴 명상에 지나지 않는다는 사실이다.

3부

어떤 얼굴들

거울을 본다. 나에게 눈, 코, 입이 있다. 그리고 표면에서 그것들을 연결하는 피부가 있다. 피부 아래에는 근육이, 근육의 틈으로 쉴 새 없이 흐르는 피가 있다. 그 속에 흰 뼈가 있다. 내가 감정을 느끼면, 이 모든 신체 부위들이 상호작용하여 어떤 표정을 구축한다. 기쁘거나 슬프거나 불쾌하거나. 웃거나 울거나 찌푸리거나. 나의 표정이 작동하는 방식은 타인의 것과 크게 다르지 않다. 타인으로부터 학습했다는 표현이 더 적당할 것이다. 서로가 서로에게 배운 표정들이 이 세계의 얼굴 위에 만연하고, 우리는 상대의 얼굴이 움직이는 방식을 마주하며 감정을 나눈다.

길을 걸으며 인간 아닌 존재들을 본다. 산책하는 개와 일광욕하는 새와 길고양이들. 어느 날 거리에서 주인과 함께 걸어오는 개 한 마리와 눈이 마주친다. 나의 얼굴은 절반쯤 마스크에 가려져 있지만 나는 개를 향해 웃는다. 호의를 알아차린 개가 경계를 풀고 꼬리를 흔들며 나의 무릎으로 달려든다. 개의 눈은 빛나고 입을 벌리며 웃고 있다. 새삼스럽지만 개에게도 눈, 코, 입이 있다. 촘촘한 털 아래에 피부와 근육, 그 사이로 흐르는 피와 희고 단단한 뼈가 있다. 개는 얼굴을 움직여 표정으로 감정을 드러낸다. 나와 같은 방식이다. 나는 개의 표정을 배운 적 없지만 개의 감정을 짐작할 수 있다. 개 역시 마찬가지일 것이다. 내가 지은 표정의 단서가 그저 마스크 위로 드러난 두 눈의 움직임에 불과한데도, 자신을 향한 반가움의 표현임을 알아차리고 달려올 만큼.

〉

고기를 먹지 않은 지 이 년 반 정도의 시간이 흘렀다. 윤리적이고 의식적인 각성에 의해 시작한 채식은 아니었다. 화창한 봄날, 여느 때와 다름없이 식사를 하려다 더 이상 고기를 먹을 수 없게 되었음을 알았다. 나의 숟가락 위에 올라와 있는 한 점의 살이 나와 같은 구조로 이루어진, 내가 느낀 것과 비슷한 감정을 느끼며 살아온 어떤 존재의 시체에서 떨어져 나온 것이라는 사실이 불현듯 감각으로 들이닥치자, 그대로 식사를 중단할 수밖에 없었다. 이전까지 고기를 먹지 않는 삶을 살게 되리라 예상해본 적 없었기에 몹시 당혹스러웠다.

그 뒤로 몇 번의 시도를 더 해보았지만 예전처럼 고기가 들어간 음식을 먹을 수는 없었다. 하나의 삶을 부여받은 동물이었던 고기와 나 사이에 견고히 존재하던 벽 하나가 무너진 것처럼, 내가 보지 못하는 동안 그 너머에서 죽임을 당하던 동물들의 고통스러운 표정을 비로소 맞닥뜨리게 되었다. 그 고통의 목적이 단지 내 입의 얄팍한 즐거움이었다는 사실 역시 이해하기에 이르자, 고기가 들어간 음식은 조금도 먹지 않는 삶을 선택하지 않을 수 없었다.

꿈

갓 태어난 아기 돼지의 이빨을 뽑는다. 꼬리와 발꿈치를 자른다. 물론 마취는 없다. 6개월 동안 최대치의 몸무게로 키운 다음, 거꾸로 매달아 죽이고 피를 뺀다. 아기 돼지는 베이컨이나 햄이 된다. 갓 태어난 병아리는 성별에 따라 분류한다. 그중 수컷은 믹서기에 갈아 죽인다. 닭으로 자라난 암컷 병아리는 한평생 더럽고 좁은 우리에서 항생제를 맞아가며 인간을 먹일 달걀을 낳는다. 놀랍게도, 아니 놀랍지 않게도, 지금 이 순간에 우리 인간이 벌이고 있는 일들이다.

길에서 만난 아기 고양이는 아직 인간에 대한 두려움보다 호기심이 많아 손을 내밀면 금세 장난을 치고 논다. 작고 따뜻하다. 인간 아기도 그렇다. 아기 돼지나 아기 병아리도 마찬가지였을 것이다. 죽어가는 얼굴들을 차마 상상할 수 없다. 인간종은 이 셀 수 없는 고통과 죽음에 대한 값을 어떻게 치를 수 있을 것인가. 이 소리 없는 학살을 어떻게 멈출 수 있을 것인가. 이내 정신이 아득해진다.

우리는 미래를 그리며 흔히 찬란한 기술의 발달과 더불어 인간 소외를 이야기하고는 한다. 하지만 가끔은 그런 생각이 든다. 인간은 좀 소외를 당해봐야 하지 않겠는가. 자신들이 저지른 일들을 좀 보라(!). 글을 쓰는 사람으로 살아가며 가장 괴로운 일 중 하나는 나의 존재와 유관하게 발생하는 고통들을 외면한 채 나의 글쓰기가, 나의 타자화가 이루어지고 있다는 자각에서 비롯되고는 했다.

거울 속 나의 얼굴과 어떤 비인간 동물의 얼굴이 얼마나 닮았는지를 떠올린다. 떠올리면 자연스럽게 바라게 된다. 인간의 손으로 한 마리의 동물도 죽이지 않는 미래를 바라는 일이 그리 큰 욕심은 아니기를, 기술의 발달이 여러 생물 종 중 하나에 불과한 인간의 겸허함과 타자에 대한 도리와 함께하기를, 그 끝에는 한 마리의 동물도 도축되지 않는 미래가 도래하기를.

흉터 건축

'흉터'라는 단어의 어원은 정확히 알려진 바 없지만 '흉凶' 이 남은 '터'를 뜻하리라는 합리적 추측이 있어 왔다. '흔 적'은 흔적 흔痕에 자취 적跡을 쓴다. 사물이 있던 '자리'라 는 뜻이다. '흉'보다는 '터'에, '흔'보다는 '적'에 눈이 간 다. 흉터와 흔적이라는 단어에 모두 공간적 개념이 포함 되어 있다는 사실은 의미심장하다. 흉터가 공간이라니. 흉터의 상위 개념인 흔적 역시 그러한 뜻을 내포한다니. 누가 먼저 상처가 아문 곳을 '흉의 터'라고 부르기 시작했 는지 알 수 없다. 그러나 '상처가 있었고, 그것이 회복되 었음'을 증명하는, 상흔의 역사가 가시적으로 기록되어 있는 몸의 일부가 '흉터'라 불린다는 사실은 흥미로운 동 시에 어딘지 쓸쓸하다.

황정은 소설가의 에세이집 『일기』중 '흔痕'이라는 제 목을 지닌 목차에는 열두 살에 그의 얼굴에 생긴 파란색 흉터에 대한 사연이 적혀 있다. 황정은 소설가에게 이 흉 터는 오랜 시간 자기혐오와 수치심의 원인이었으며 그 렇게 느끼게 된 데에는 자신의 흉터를 흠으로 여겼던 주변의 말과 시선이 당연하게도 깊은 영향을 미쳤다. 이제 그는 더 이상 자신의 흉터를 흠이라 여기지도, 어린 시절의 자신을 탓하지도 않게 되었다 말한다. 그러한 극복에 관해 단순히 언급하는 문장의 이면에서 얼마나 많은 분투가 있었을지 우리는 알 수 없다.

나에게는 몇 개의 타투가 있다. 등을 절반가량 덮을 만큼 큰 것부터 아기 손바닥만 한 크기의 것까지 모두 오륙 년 사이에 해온 것들이다. 타투의 원리는 바늘로 상처를 입힌 진피에 색소를 흘려 넣어 도안을 새기는 것이므로 어떤 의미의 흉터들이기도 하다. 내 몸의 타투에는 대체로 별다른 의미가 없다. 타투이스트 친구들이 몇 명 있고 그들과의 교류 속에서 얻게 된 것들이다. 특별한 의미가 담긴 타투를 하지 않은 이유는 단순하다. 타투의 모양은 변하지 않지만 의미는 변하기 때문이다. 우리는 대체로 의미에 심취해 있고 그러므로 이 타투는 무슨 의미냐는 질문을 받는 경우가 잦지만(나 역시 타인의 타투를 보고 '의미' 어쩌고의 것이 궁금해질 때가 있지만) 나의 타투는 패션에 가깝다.

그중 단 하나, 등에 새긴 심해어 모양의 타투에는 나름의 사연과 의미가 있는데 우선 이 심해어는 '구터'라는 이름을 가지고 있다. 삼 년 전 어느 날 타투이스트 친구와 맥주를 마시던 중 징그러워 보일 만큼 형상의 디테일이 강조되는 타투를 갖고 싶다 말하자 친구는 심해어 모양의 도안을 추천했다. 우선 우리는 몸에 새길 심해어의 이름을 정해보기로 했고, 그 자리에서 마시던 맥주병의 라벨이 떨어져 남은 글자였던 'gutter'(아마 독일 맥주였던 것 같다)가 좋겠다고 합의했다. 이름을 정하니 역할을 주고 싶어졌다. 도안에서는 심해어 그림을 반으로 나누어 잘린 몸통 사이에 심해어가 먹은 것들을 함께 보여주기로 했는데, 그럴듯한 것들을 고민하던 중 친구가 낙서되고 구겨진 종이들을 제안했다. 그는 구터가 먹은 종이를 망한 습작들이라 생각하라고 했다. 잘못 쓴 글은 이제부터 구터가 먹어줄 테니, 너는 이제 걱정 말고 쓰기만 하라는 의미였다.

구터는 덩치가 큰 심해어였고 도안을 새기는 데에는 열 시간 정도가 소요되었다. 몇 달 동안 세 번에 나누어 서너 시간씩 시술을 받았다. 너무 아파서 중간에 백 번쯤 멈추고 싶었지만 참아냈다. 고통을 견딘 보람이 있게도 구터가 생겨난 이후 어딘지 조금 든든한 기분이 들기 시작했는데, 별로인 글을 쓰면 정말 구터가 먹어주지 않을까 하는 말도 안 되는 믿음이 나도 모르게 돋아나고 말았던 것이다. 고대 사회에서 문신은 일종의 주술성을 포함했다고 하던데 첨단 기술의 한복판을 살고 있는 2021년에도 사람은…… 이렇다.

몸의 흉터를 타투로 덮기 위해 타투숍을 찾는 사람들의 이야기를 종종 듣는다. 흉터의 원인은 다양하다. 자해이기도 하고 사고이기도 하고 폭력이기도 하다. 이유가 무엇이든 흉터를 타투로 덮는 일은 흉터의 모양을 시각적으로 커버하는 일에 머물지 않고 흉터가 간직한 상처의 역사를 재구성하는 데까지 나아간다. 몸에 남은 상처는 아물어 흉터로 남았을지언정 마음속에서 아직까지 피를 흘리는 상처의 기억이 끝없이 자신을 괴롭히도록 두지 않겠다는 결심이기도 할 것이다. 중국 가수 더우징퉁은 턱의 중앙부터 목 아래까지 길게 이어진 선 모양의 타투를 갖고 있는데, 이는 비슷한 위치에 흉터를 가지고 태어난 친동생을 위한 타투라고 한다. 동생의 흉터를 자신의 몸에 타투로 재탄생시킨 그의 선택은 훗날 다른 시선들이 동생의 흉터를 흠으로 여기더라도 동생 자신이 그로부터 빠르게 자유로워지도록, 스스로를 원망하지 않도록 도울 것이라 예상할 수 있다.

뉴스를 보다가 어느 순간 견딜 수 없어 채널을 돌린

다. 하나의 몸은, 어떤 상처는 완료되고 어떤 상처는 진행 중인 하나의 흉터 덩어리 같다. 우리 모두 트라우마가 누적된 공간으로서 존재한다는 사실이 이상하다. 가끔 내 몸을 들여다본다. 그곳에는 완료된 상처들, 그럼에도 흉터로 남은 것들, 그리고 나의 선택에 의해 남겨진 흉터들이 공존하고 있다. 안미린 시인의 시 「초대장 박쥐」의 마지막 문장을 떠올린다. "앞으로 우리가 만날 장소가 바로 흉터야". 우리는 모두 각각의 흉터를 가지고 있지만, 그곳이 가끔은 근원이 되는 상처의 형태로부터 이탈하여 마음대로 재탄생된 곳이기를 바란다.

전생에 대하여

우연히 미국의 오디션 프로그램 〈아메리카 갓 탤런트〉
에 출연한 13살 코트니 해드윈의 무대 영상을 보게 되었
다. 수줍고 앳된 얼굴로 무대에 오른 그는 음악이 나오자
오티스 레딩의 '하드 투 핸들^{Hard To Handle}'을 말도 안 되는
에너지로 소화하는데, 그 광기나 몰입도가 정말이지 재
니스 조플린의 환생이라고밖에 믿을 수 없는 수준이었
다. 관객과 심사위원 모두가 경악하여 기립 박수를 쳤다.
무대가 끝나자 다시 수줍은 얼굴로 돌아간 그에게 심사
위원 중 한 명은 흥분하여 "당신은 이 시대 사람이 아니
에요, 당신은 완전히 다른 시대에서 왔군요."라고 외치며
골든 버저를 눌러 그를 단번에 합격시킨다. 참가자의 재
능이 너무나 탁월하기도 했을 뿐더러 영상의 드라마가
자극적이기에 전 세계적으로 꽤 화제가 된 것 같았다. 개
인적으로는 영상의 다른 요소들보다도 "당신은 이 시대
사람이 아니군요"라는 심사위원의 말이 인상적이었다.
나 역시 주변 사람들에게 자주 해주고 싶었던 말이기 때
문이었다.

전생이나 윤회를 믿는다고 말할 수는 없지만, 친구들의 전생을 상상해보는 것은 꽤 즐거운 일이다. 물론 우리는 모두 세계 어딘가에 흩어진 입자였다가, 인간의 형태로 모여들었다가, 다시 입자의 처지로 돌아가는 것이므로 완전한 의미의 전생이란 없다고 말하는 편이 과학적으로 옳겠지만, 그렇기에 전생이 전혀 없다고 할 수도 없는 것이다(지금 우리를 이루는 입자들이 한때 다른 사람을 이루고 있었을지도 모르니까). 게다가 도무지 이 시대와는 어울리지 않는 취향과 라이프스타일을 견지하며 살아가는 친구들을 보면 저 독특함의 배후를 어쩐지 전생이라고 설정해보고 싶어진다. 무엇보다 전생을 상상하는 일은 재미가 있다. 너의 전생은 이랬을 거야, 라고 말해주면 흥미로워하는 상대의 표정을 보는 일은 더욱 재미가 있다.

이를테면 힙합과 일렉트로닉 팝이 음악 시장을 독식한 작금에도 여전히 매일매일 조이 디비전의 음악을 듣는 나의 친구. 아직 20대의 젊은 나이이지만 그의 전생은 어쩐지 80년대 영국 청소년이었을 것 같다. 언더그라운드 공연장을 쏘다니다가 알게 된 친구들과 어울리며 고등학교를 자퇴하고, 퇴역 군인인 아버지, 어린 동생을 돌보기 바쁜 어머니와의 불화를 견디지 못해 가출한 뒤 친구들의 집을 전전한다. 제2의 조이 디비전이 되겠다는 일념 하나로 기타를 배우고 음악을 끼적이던 중 이안 커티스의 부고를 듣게 된다. 충격 속에서 약물 중독으로 20대 초반에 이른 생을 마감한다. 그의 영혼은 그대로 동북아시아로 건너와 한국의 수도에서 다음 생을 시작하게 된다. 유치원생인 그는 어쩐지 동요가 별로였다. 한국 가요도 별로였다. 어느 날 라디오에서 처음으로 영국의 락 음악을 듣게 되고, 그곳에서 잃어버린 고향을 발견한 것처럼 걷잡을 수 없는 향수를 느껴버리게 된다. 한국에서의 교육 과정을 어찌어찌 이행하는 동안에도 그의 귀에 꽂힌 이어폰에서는 언제나 어디서나 포스트 펑크가 흘러나온다. 그렇게 밴드맨의 꿈은 한국 땅에서 다시 부활하게 되는데……

또 다른 친구. 그의 전생의 시공간은 분명 일본 버블경제 시대였을 것이다. 얼굴이나 표정도 어딘지 마츠다 세이코를 닮았다. 머리를 자주 초록색이나 분홍색으로 염색한다. 아키라의 열렬한 팬이며 레트로 열풍을 타고 LP 수집과 시티팝이 유행하기 시작한 최근 몇 년보다 훨씬 이전부터 LP판과 각종 음향기기를 모았다. 지금도 2G 폰만 사용하면서 전혀 불편함을 느끼지 못한다는 그는 1970년대 부동산 투기에 성공한 도쿄의 벼락부자 집 딸이었을 것이다. 공부도 그럭저럭 잘했지만 사는 일이 영 심드렁했던 그는 시부야 밤거리에서 나팔바지를 입은 키 큰 남자에게 담뱃불을 빌렸는데 어쩌다 결혼까지 성공한다. 지금도 팔다리가 나뭇가지처럼 가느다란 그는 전생에도 어린 시절부터 잔병치레가 잦았으며, 어느 추운 겨울 들이닥친 폐렴을 이겨내지 못하고 신혼 초에 병사한다. 그의 영혼은 멀리 가지 않고 한국의 소도시로 건너오게 되는데, 전생에 대도시의 흥취를 마음껏 즐겼던 그에게는 소담한 그곳의 문화가 영 만족스럽지 못하다. 그것이 바로 그가 성인이 되자마자 서울로 건너와 일본풍의 바에서 찾아 듣기 힘든 희귀 음악 리믹스를 자주 트는 DJ가 된 이유이며, 시간만 나면 일본의 레코드숍을 뒤지는 것도 그 때문일 것이다…….

에코 페미니즘과 비거니즘을 실천하며 살아가는 친구들로부터는 어쩐지 우드스톡 페스티벌 여기저기에 드러누워 있는 히피들의 모습이 연상되고, 재즈만 들으면 눈물이 난다는 친구가 프랭크 시나트라의 노래를 멋지게 소화할 때면 그의 영혼은 아프리카에 기원이 있음을 확신하게 된다. 반대로 어린 나이에 창가를 기가 막히게 부르는 친구를 보면 저 영혼이 조선 땅에서 한 번 살아봤음이 분명하다고 느끼게 되며, 라캉의 텍스트에 빠져 그

해석에 한 생애를 다 바치는 선생님을 보면 유럽의 아카데미에 속해 있던 전생이 한 번쯤은 있었을 것임을, 그리고 그 구체적인 모습을 괜히 상상해보게 되는 것이다. 물론 누가 봐도 이번 생이 처음인 것 같은, 레퍼런스를 찾아볼 수 없을 것 같은 해맑은 얼굴들도 있다. 그렇다면 나의 전생은? 그건 잘 모르겠다. 나는 해외여행을 갈 때마다 높은 확률로 원인 모를 향수를 느끼곤 한다. 홍콩에서도, 파리에서도, 도쿄에서도, 포르투에서도 그랬다. 굳이 고르자면 포르투갈어를 쓰는 작가들을 좋아하니까 아무래도 그쪽일 가능성이 있을까? 혹은 셀 수 없을 만큼 여러 번의 전생을 거쳐왔을지도 모른다.

그러니까, 신비주의도 인간중심주의도 무엇도 아닌 이 허무맹랑한 이야기들은 사실 살면서 느껴온 세계에 대한 신기함과 이상함에서 비롯된 것이다. 이렇게 많은 문화를 다채롭게 누릴 수 있는 시대에 취향이나 기질이란 대체 어떻게 생겨나는 것인가? 아무도 알 수가 없다. 미디어를 통해 외적으로 조화로운 사람들이 등장하는 자극적인 콘텐츠들을 셀 수 없이 시청할 수 있는데, 왜 누군가는 이미 죽은 사람들이 오래전에 만들어놓은 것들에 빠져서 살아가는가?

나는 세대론에 좀 알러지가 있는데 아마도 이러한 이유 때문일 것 같다. 내가 느끼기에 시공간은 그런 식으로 분리되지 않으며 과거와 현재와 미래는 개인의 신체를 매개하여 서로 파악될 수 없는 역학 관계를 형성한다. 세대로 나누어서 문학적 성향을 가늠하거나 사회문화적 변화로 개인이나 시대의 변화를 측량하거나 하는 일들이 전혀 무효하지는 않은 것임을 알지만 그러한 방식의 부족함이 나에게는 더 강력하게 다가온다. 어떤 개인들은 시대의 메인스트림에 온전히 포섭되지 않는 방식으로 살아가고, 나의 주변엔 그런 사람들이 많으며, 저들을 어떻게 세대론적으로 논할 수 있을 것인가에 대한 의문을 품지 않을 수 없다. 그리고 나는 그런 이들에게 관심이 많은 것 같다. 시대의 예측되는 영향력 하에 있는 사람들보다, 그 영향력으로부터 조금씩 비켜나 있는 사람들. 혹은 그 영향력으로부터 벗어나려는 움직임들. 언제나 그쪽에 더 눈길과 마음이 간다. 아마 앞으로도 그럴 것이다.

누락된 꿈의 조각들

일곱 살 무렵 꿈을 꿨습니다.

눈보라가 몰아치는 평원 위에 벽돌로 지어진 작은 방이 있었어요. 방은 그 안에 서 있으면 옴짝달싹할 수 없을 만큼 작았습니다. 팔을 들거나 몸을 돌리면 벽돌에 살이 쓸렸어요. 벽은 하늘에 닿을 듯 높게 쌓여 있었는데 천장이 뚫려 있었기 때문에 그 공간을 방이라고 불러도 되는지 모르겠습니다. 지상에 지어진 우물 같기도 하고 기둥 같기도 했어요.

저는 그 속에 갇혀 있었고, 눈앞에는 한 개의 벽돌이 빠져 있었습니다. 빈 곳을 통해 눈 내리는 평원을 바라보는 장면으로 꿈은 시작됩니다. 나는 분명 기둥 속에 갇혀 밖을 보고 있는데, 꿈에서의 시선은 밖을 보는 나를 내려다보고 있었어요. 두 개의 시선이 겹쳐져 꿈을 이루는 셈이었어요. 평원에는 거대한 눈보라가 몰아치고 있었고 저는 단단한 기둥 속에서 안전함을 느끼면서 또 한없이 외로운 채로 몰아치는 눈보라를 바라보았습니다. 아무도 없었고 아무것도 나타나지 않을 것임을 알고 있었고 또 이곳을 나갈 수 있으리라는 일말의 희망도 없이, 벽돌 크기만큼의 네모난 시야에 의지하여 평원을 쳐다보는 일밖에 할 수 없었는데, 그것이 서럽지 않았고 다만 다른 감정은 불가능하게 느껴질 만큼 외로운 기분이 들었습니다. 밖을 내다보는 시선과 갇힌 나를 내려다보는 꿈 밖의 시선이 뒤섞였고 그 두 장면은 평행하게 나열되었다가 번갈아 상영되었다가 아예 구분할 수 없을 만큼 혼재되기도 했습니다.

꿈에서 깨어났을 때 방에는 오후의 햇빛이 쏟아져 내리고 있었고 부엌에서 누군가 요리하는 소리가 들렸습니다. 몸은 꿈속의 추위 탓에 떨고 있었고요. 그 이질감이 지금도 명료히 떠오릅니다.

ヮ

이렇게 구체적으로 꿈의 내용을 기억하는 이유는 그 후로 꽤 오랜 시간 동안 같은 꿈을 여러 번 반복해서 꾸었기 때문입니다. 처음에는 며칠에 한 번씩, 열 살 즈음에는 몇 달에 한 번 간격으로, 청소년기에는 일 년에 두어 번 정도 같은 꿈을 꾸다가 최근 몇 년간은 한 번도 꾼 적이 없고,

아마 다시는 내 꿈에 찾아오지 않을 장면이라는 예감이 듭니다.

저는 이 꿈의 장면을 가지고 시를 쓰려고 여러 번 시도했다가 실패했어요.

〉

저는 위 묘사에서 꿈의 여러 순간들을 누락시켰습니다. 꿈의 내용을 적으려 시도했던 수많은 시간들을 거치며 많은 장면들이 변형되고 왜곡되었어요. 읽는 사람들로 인하여 필름이 늘어지고 색이 바랬습니다. 최근까지 저는 이 꿈을 반복하여 꾸었다는 사실을 확신했는데, 글을 쓰고 있는 지금은 그조차 명확하지 않아요. 꿈에서 깨어난 순간부터, 혹은 꿈을 꾸는 동안에도 유실되어 말해지지 못한 것들은 지금 무엇이 되어 제게 남아 있을까요. 저는 왜 이 꿈을 언어화하지 않으면 안 된다는 강박에 시달렸을까요.

〉

선생님들은 제게 종종 말하곤 했어요. "시에서 꿈 이야기를 하는 것은 너무 간편한 일이에요."

저는 시에서 제가 꾼 꿈 이야기를 할 때, '이거 꿈인데요'라고 먼저 말하고 이야기를 시작하는 편입니다.

시에서 꿈 이야기를 하는 것은 정말 너무 간편한 일일까요?

잊지 못할 꿈을 꾸고 일어난 날, 한 번쯤 고민해볼 수 있었으면 좋겠습니다.

논바이너리적 시 쓰기

'김선오'라는 이름으로 시집을 내고 활동하고 있지만, 나의 본명은 '김선아'다. '김선오'는 나의 스승이자 친구인 김소연 시인이 지어준 필명이다. 작명을 의뢰하며 내가 부탁한 조건은 두 가지였다. 첫째, 본명과 크게 다르지 않을 것. 둘째, 성별이 직관적으로 구분되지 않을 것. 그가 '김선오'라는 이름을 제안했을 때 곧장 이걸로 하겠다 말했던 이유는 우선 두 가지 조건 모두에 부합하는 이름이었으며, 라틴어권에서 a로 끝나는 이름은 보통 여자 이름이나 o로 끝나는 이름은 남자 이름이라는 사실이 떠올라 '선아'로 평생을 살아왔으니 앞으로는 '선오'로 살아보는 것도 나쁘지 않겠다는 생각이 들었기 때문이었다. 이후 친구들로부터 그럼 유노윤호 같은 거냐, 너는 선오선아냐, 하는 끝없는 놀림이 시작되리라는 예측은 미처 하지 못했다.

'선아'는 돌아가신 친할아버지가 지어주신 이름으로 착할 선善에 예쁠 아娥를 쓴다. '예쁠 아'라는 한자에는 여자 여女가 들어 있다. 가부장제가 획마다 깃들어 있는 징그러운 글자가 아닐 수 없다. 할아버지께는 죄송하지만 자아가 형성된 이후부터 지금까지 '선아'를 진정 내 이름으로 여긴 적은 없었던 것 같다. "선아야"라는 호명에 답해야 했던 숱한 순간들마다 기장이 너무 짧은 옷을 입고 손을 들어야 하는 기분이었는데, 지금보다 어린 시절에는 그 이유를 알 수 없었다. 이름으로 불리는 것뿐이었지만 그로 인해 노출되는 지정성별(태어남과 동시에 사회로부터 지정받는 성별)이 괴로웠다는 사실은 조금 더 시간이 흐른 뒤에 깨닫게 되었다. 착할 선에 예쁠 아 써서 선아예요, 잘 어울리죠? 라고 낮은 목소리로 농담하는 능청스러운 어른이 된 지는 정말 얼마 되지 않았다.

나의 젠더 수행은 보편적 의미에서의 '착하고 예쁜' 모든 것과는 무관하게, '선아'라는 이름을 가진 자에게 기대되는 바와는 정반대의 영역에서 이루어졌다. 축구를 좋아했으나 다른 여자 친구들과 운동장 구석에서 피구를 해야 했던 초등학생 시절이나, 교복 바지를 입겠다고 졸랐으나 부모님과 선생님에 의해 좌절되었던 중학생 시절이나, 입사 면접을 보기 위해 투블럭이었던 짧은 머리를 중단발 정도로 길러야 했던 불과 몇 년 전에도, 어쩌면 지금까지도 일반적인 여성상과 다른 옷차림과 제스처와 말투를 지녔다는 사실은 본의 아니게 나의 가장 대표적인 특징이 되었다. 처음 만난 사람이 나를 회자하는 말들은 아마도 그 머리 짧은 친구, 보이시한 분, 남자인지 여자인지 헷갈리는 사람 정도일 것이다. 물론 저 설명 중 틀린 내용은 없다. 나는 머리가 짧고(세상 사람들의 머리 길이 평균값보다) 70퍼센트쯤 소년처럼 보이며(일반적으로 통용되는 그 '보이' 말이다), 성별 구분이 난해한 외양을 지니고 있다. 왜냐하면 나 자신을 여성도 남성도 아닌 젠더로 정체화하고 있기 때문이다.

　어린 시절부터 젠더 구분 혼란 유발자로서 살아온 내게는 이런저런 일화들이 많은 편이다. 찜질방에서 남탕 키를 받거나 여자 화장실에 들어온 사람들이 나를 보고 놀라 문밖을 다시 확인하는 일은 헤아릴 수 없이 잦다. 내 사진을 카카오톡 프로필 사진으로 해놓은 엄마에게 누군가 아드님이 참 잘생겼다는 연락을 해온다거나, 요가원에 처음 가던 날 나의 성별을 도무지 확신할 수 없었던 카운터 직원께서 굳이 남자 탈의실과 여자 탈의실 위치를 모두 알려주신다거나, 클럽에서 화장실 입장을 거부당한다거나, 여성분이 지하철에서 수줍은 얼굴로 연락처를 물어온다거나, 친구의 친한 교수님을 만나는 자리에서 그가 내게 "죄송하지만 남자예요?"라고 묻는 바람에 당황한 친구가 "배우신 분이 왜 그러세요" 하며 그를 저지시킨다거나. 분명 더 재미있는 일들이 많았는데 너무 많아 잘 떠오르지 않는다.

위의 경우에 사람들은 내가 남성이 아니라는 사실을 밝히면 곤란한 표정으로 사과를 해온다. 그러면 껄껄 웃으며 괜찮다 말하는 것이 보통의 나의 입장이다. 사과에 답하기 위해 예의상 한 말은 아니었다. 정말 괜찮았기 때문이었다. 나는 사람들의 머릿속에 굳건하게 자리 잡은 성별 이분법에 내가 가하는 혼란을 진정으로 즐기는 편이다. 남성과 여성이라는 정의는 관념에 불과하다는 사실을 혼자만의 수행을 통해 알려나가고 있다는 소소한 자부심이 있기도 하다.

그렇다면 누군가는 물어올 것이다. 그럼 남자가 되고 싶은 것이냐고. 사회적 남성상에 걸맞은 신체를 갖고, 남성으로 살아가고 싶은 것이냐고. 이 질문에도 분명히 답할 수 있겠다. 그것은 아니라고 말이다. 남성이 철저히 젠더 권력의 우위를 점하고 있는 이 세계에서 자타공인 남자로 살아갈 수 있다면 더없이 편리하겠으나, 그들의 평균적 육체가 온전히 내 몸처럼 느껴지지는 않는다.

나는 스스로를 여성이라고 인식하나 '여성적'이라

고 일컬어지는 사회적 기준으로부터 탈피하고자 하는 페미니스트인가. 얼마간 동의하는 지점이 있지만 나는 탈코르셋을 하고 싶은 것이 아니다. 나는 내 몸에 분명한 디스포리아를 느끼며 살아왔다. 나라는 존재를 여성과 남성이라는 이분법 안에 욱여넣을 수 없다는 것이 젠더 적 구분과 그 속에서 스스로를 어디쯤 위치시켜야 할지 에 대해 십수 년간 고민해온 현재의 내가 내린 결론이다. 이 지면에서 모두 말할 수는 없지만, 성별 이분법에 철저 히 의거하여 구성되어 있는 사회 속 '젠더 구분 혼란 유발 자'로서의 삶은 위처럼 웃어넘길 만한 일화들로만 이루 어져 있는 것은 아니다. 내가 나의 모습을 지키며 살아가 는 일은 숱한 위협과 조롱과 무례함에 내성을 갖추는 일 과 동일한 것이었다.

나와 비슷한 정체성을 지닌 이들이 '논바이너리nonbinary'라는 느슨한 호칭으로 묶인다는 사실을 알게 된 것 은 불과 몇 년 전의 일이었다. 영미권에서는 남성도 여성 도 아닌 젠더에게 'she'나 'he' 대신 'they(단수로 사용된 다)' 혹은 'xe' 같은 성중립 대명사를 사용한다. 각종 서 류의 성별 기입란에는 남성, 여성, 논바이너리라는 세 가 지 카테고리가 주어진다. 대도시에서는 초면인 자리에 서 "지를 칭하는 대명사는 무엇입니다"라고 미리 말하는 것이 관례처럼 되어 있다. 타인의 젠더를 그가 밝히기 전에 먼저 짐작하지 않는 것이 예의라는 인식은 점점 더 널리 퍼져나가는 중이다. 샘 스미스, 마일리 사이러스, 루비 로즈 등 논바이너리로 커밍아웃한 유명인도 적지 않다. 한국에서는, 글쎄. 가장 진보적인 것처럼 보이는 집단조차 성별 이분법을 기반으로 움직인다는 사실을 목격할 때 매번 약간씩의 절망감을 느낀다.

나는 시를 쓸 때 의식적으로 성별 이분법적 대명사를 사용하지 않는다. 성별을 유추할 수 있는 단서들을 가능한 배제한다. 사용하는 경우에는 고정관념을 뒤엎거나 새롭게 배치하는 방식을 경유한다. 나는 아주 어린 시절부터 영화에서도 드라마에서도 책에서도 자아를 투영하거나 롤모델로 삼을 만한 인물을 찾을 수 없었다. 모든 콘텐츠에서 그려내는 남성의 입장에도, 여성의 입장에도 온전히 몰입할 수 없었기 때문이다. 여성으로서 겪은 고통과 그 위치에 대해 자연스럽게 발화하는 사람들을 보면, 언어화가 가능한 젠더에 소속된다는 것 역시 일종의 특권이라는 생각을 한다.

시인 이상이 치마를 입고 찍은 졸업사진을 본 적 있는가. 나는 그 사진을 무척 좋아한다. 단순한 코스튬이었을 수도 있겠지만 어찌 됐건 그가 택한 전복이 마음에 든다. 사진 속의 진지한 표정도, 그의 시에서 드러나는 섬세한 성정도 모두 내가 좋아하는 것들이다. 한국 문학사상 가장 현대적인 시인이었던 그가 이러한 차림으로 흑백 사진 속에 남아 있다는 사실을, 다른 사람들도 나만큼 사랑하게 되었으면 좋겠다.

팬데믹

팬데믹이 거의 끝난 것 같다. 홀가분한 얼굴들이 보인다. 봄이고, 내내 날씨가 좋다. 생명이 만개한다. 이 시간이 유독 찬란하게 느껴지는 것은 기나긴 죽음의 터널을 지나왔다고 느끼기 때문일 것이다.

2년 반 동안 직간접적으로 아는 이들의 부고를 스무 번 넘게 들었다. 대부분 여성이거나 성소수자였다. 주변 사람들은 모두 죽은 이들이거나 죽은 이로 인해 슬퍼하는 이들이었다. 아직 살아 있는 나는 삶과 죽음에 대해 무엇도 짐작할 수 없지만 이 시대가 우리에게는 흡사 전시 상황과 유사하다는 사실만은 알 수 있었다. 죽음이 도처에 있고 우리는 언제나 서로의 죽음을 걱정한다. 나를 비롯한 주변 사람들 대부분 죽으려 하는 친구를 구하기 위해 한 번쯤 경찰을 불렀던 적이 있다. 죽음은 원래 일상인가? 그럴 수도 있다. 그러나 자살은 일상이어선 안 되는 거 아닌가.

대선 이후 가장 먼저 들이닥친 예감은 또 사람이 죽

겠구나, 였다. 지금까지보다 더 많은 사람들이 죽어나겠구나. 나와 면식 있는 사람일 가능성이 높겠구나. 사람을 살리려면 어떻게 해야 하나? 나는 잘 모르겠다. 나는 살가운 사람도 아니고 타인의 불행이나 사회적 억압에 적극적으로 개입하는 성격도 못 된다. 그런데 어떻게 해야 하나? 이토록 도래한 죽음들에 관하여, 내가 과연 무엇을?

세월호 사건 이후 많은 사람들이 죄책감에 시달렸다고 한다. 나의 주변이 차례로 죽어가는 상황 속에서 나는 죄책감보다 당혹스러움을 느낀다. 분노와 슬픔은 시간이 지나면 당황의 감각으로 바뀌었다. 그것이 누적될수록 그랬다. 계속해서 사람이 죽는다. 보이지 않는 곳에서 그러나 산발적으로. 죽은 사람 곁에 있던 사람이 죽는다. 죽은 사람에 의해 죽은 사람을 기억하는 다른 사람이 죽는다. 전우의 시체들이 보이지 않는 곳에 쌓여가는데 전쟁터는 너무나 고요하다.

이 고요를 뭐라고 불러야 하나. 애도와 슬픔을 나눈 사람들끼리 모였을 때 우리는 우리가 공유하는 웃음이 다른 종류의 것임을 느낀다. 웃음이 멈춘 자리에서 발생하는 고요가 얼마나 끔찍한 것인지 아는 이들이 웃을 때 이 웃음의 메아리는 울음에 가깝다.

우리끼리 사랑한다고 말할 때 피 냄새가 난다. 피 냄새가 싫어서 고기를 안 먹기 시작했는데 점차 산 사람들에게서도 피 냄새가 난다. 도축되어 죽어가는 동물들에게서 사람의 얼굴이 보이기 시작한다. 누군가를 처음 만나면 이 사람도 죽을까 생각한다. 죽은 이들의 얼굴을 떠올리면 그들 사이의 닮음이 보이고 그것을 죽음의 얼굴로 기억하기 싫어서 고개를 세게 젓는다.

팬데믹이 끝나더라도 이 죽음의 시대는 끝나지 않을 것만 같다. 죽지 말자고 죽지 말자고 만날 때마다 되뇌는 나의 친구들, 그 말만 남기고 사라진 친구들, 그리고 전쟁터에 남겨진 사랑의 기억들. 친구들에게 사랑한다는 말을 자주 하게 된 것은 그들이 금세 죽어버릴지도 모른다는 생각을 하게 된 이후부터였다. 그러니까 나는 이 죽음들 앞에서 할 수 있는 것이 한 개도 없지만 사랑한다는 말은 할 줄 알게 되었다. 사랑한다는 말이 밀려오는 어떤 죽음을, 터진 둑을 견디는 한 개의 돌멩이처럼 잠깐은 막아낼 수도 있지 않을까 하는 미약한 믿음으로.

진짜와 진짜

나는 저 인공의 빛들이 너무 아름다워

비행기 창가에 앉은 네가 말했다

새벽의 비행은 적요하고 모두 잠들어 있어

우리 어디로 가는 걸까

이 여행을 왜 시작했을까

물어도 너는 여전히

창밖을 내려다보고 있다

이제 곧 차오르는 햇빛이 이 모든

인공의 빛들을 지울 거야

너는 창밖의 땅에서 눈을 떼지 않고

출렁이는 비행기가 우리의 무게를 견디고 있다

별은 우리를 지우지 않는구나

햇빛처럼, 다른 빛을 지우지 않고도 빛으로 남아 있구나

밤하늘은 너와 나의 발밑에 가득차 있고

이제 곧 동이 틀 거래

옆얼굴이 빛으로 붉게 물들어도

잊지 않을게

지상에 두고 왔다고 생각할게

너는 이미 빛이어서

동이 트면 사라지는 거지?

해에게 졌지?

그래도 괜찮다고 말해줄게

승객들의 숨소리가 희미해질 때

왜 나는 네가 희미해진 것처럼 멈춰 있을까

목적지가 더 멀면 좋겠다고 생각했을까

충분히 긴 밤이었는데

아침이 오지 않길 기도했을까

위 글은 나의 첫 시집에 수록된 「야간 비행」이라는 제목의 시이다. 체감하기에 출간 이후 시집에서 가장 많은 사랑을 받은 시였다. 낭독회의 관객들로부터 꼭 낭독 요청을 받는 시들 중 한 편이기도 하고, 시집에 대해 이야기할 자리가 있을 때면 함께 대화하던 사람들로부터 특히 인상적이었던 시로 회자되고는 했으니까.

사실 원고를 마무리하기 직전까지 「야간 비행」은 책에 싣지 않으려 했었다. 이 시가 가진 축축한 감정이, 화자의 연약한 목소리가 시집의 날렵함을 훼손하는 것이 싫었기 때문이다. 그리고 동시에 알았던 것 같다. 그렇기에 이 시는 많은 사랑을 받으리라는 것을. 여러 편이 수록된 시집에서 유독 사랑받는 한 편은 결과적으로 어떤 대표성을 띠게 될 것이고, 나는 「야간 비행」이라는 시가 나를, 이 시집을 대표하게 되기를 바라지 않음을.

지난가을 평창동 토탈미술관에서 열린 미술 작가 오민의 관객과의 대화 자리에 참석했던 적이 있다. 여러 담론적 이야기들이 오가던 중 가장 기억에 남았던 말은 오민 작가는 어찌됐건 자신의 작품에 있어 '진짜'를 하려고 한다는 것이었다. 부연하기를 그 '진짜'라는 표현은 그 자리에 함께하던 작가의 친구인 무용수가 무대를 연출

할 때 배우들에게 하는 요구로부터 빌려온 것인데, 이를 테면 물을 마시려고 컵을 잡는 장면에서, 컵을 잡는 연기를 해서는 안 된다는 것이었다. 그는 정말로 물을 먹기 위해 그 컵을 잡아야 하고, 그것이 바로 '진짜'이며, '진짜'를 할 수 있을 때 비로소 무대는 완성된다는 의미였다. 관객들은 그 '진짜'를 알아보기 때문이다.

「야간 비행」은 몇 년 전 오래 알던 타인의 죽음 이후 쓰게 된 시였다. 부고를 듣고 한 달가량을 힘들어하다 시를 완성하고 난 이후에야 비로소 그의 죽음을 납득할 수 있었다. 이 시를 썼던 순간은 지금도 생생하게 기억나는데, 나로서는 이런 방식으로 쓰인 시가 거의 처음이었다. 밤이었고, 자취방 식탁에 앉아 여느 날처럼 울고 있었다. 문득 여행 중 동틀 무렵 비행기 창밖으로 지켜보았던 타오르듯 붉어지는 하늘이, 동승한 승객들의 잠기운 가득한 숨소리가 선명히 떠올랐고, 그 순간 옆자리에 함께 앉아 있던 동행의 얼굴이 죽은 이의 모습으로 변경되어 눈앞에 상영되었다. 기억을 다시 살게 되는 것처럼 감각이 되살아났고, 뒤이어 재구성되었다. 눈앞에 있던 노트북을 열어 무언가를 쓰다가 정신을 차려보니 그 장면으로부터 쏟아져 나온 문장과 이미지들이 시의 초고가 되어 있었다.

당시 내가 겪었던 고통은 고인의 부재로 인한 상실감 탓이 아니라 죽음을 택했을 그의 심정이 절절히 이해되었기 때문이었다. 그리고 이해할 수 있었던 만큼 그 죽음을 막을 수도 있었다는 자책에 시달렸다. '동이 트면 네가 사라지는 이유는 너의 존재가 내게 빛과 같았기 때문이며, 네가 비록 해에게 지는 작은 빛이어도 괜찮다고 말해주겠다'는 내용의 발화는 그때까지 내 안에서 한 번도 발생한 적이 없었지만, 그의 죽음과 그로 인한 슬픔, 자책과 후회 등의 감정에 몰두하며 문장을 적어가는 동안 자연스럽게 생겨난 인식이었다.

쓰기 시작한 지 십 분도 안 되어 시는 완성되었다. 몇 년의 시간이 흘러 이제 구체적인 슬픔의 기억은 흐려지고, 저 시만 고스란히 그때의 감정을 간직한 채 종이 위에 남겨져 있다는 사실이 가끔은 이상하게 느껴진다. 어느 낭독회에서는 「야간 비행」 전문을 소리 내어 읽던 중 가장 앞자리에 앉아 계시던 분이 눈물을 쏟으시는 바람에 나 역시 눈물을 참아가며 진행한 적도 있다. 현재에는 흔적으로만 남아 있는, 슬픔의 감정이 정점에 이르렀던 한 때에 쓰인 문장들이, 지금의 슬픔을 앓고 있는 누군가에게 다가가 눈물을 흘리게 하기도 한다는 것은 대체 무슨 힘의 존재를 의미하는 것일까. 나는 아직도 잘 모르겠다.

상투적인 이미지와 도식적인 구도를 지닌 감상적인 작품으로 보일 것임을 잘 알면서도 결국 이 시를 시집에 수록하기로 결정한 이유는, 어찌됐건 이 시가 내게는 '진짜'였기 때문이었다. '진짜'가 무엇인지는 모르겠지만, 이 시의 동력이 '진짜'로부터 비롯되었다고 분명히 말할 수는 있다. 정말로 물을 먹기 위해 컵을 잡는 배우가 누구인지 관객들이 분간할 수 있듯, 이 시를 좋아한다고 말해준 사람들은 그럼에도 그 '진짜'를 알아봐주었기 때문일 것이다.

「야간 비행」으로 인해 『나이트 사커』가 기존에 지향했던 바로부터 조금은 멀어지게 되었다고 한들 이제는 크게 개의치 않는다. 서툴거나 세련되지 못하더라도 갈수록 더 '진짜'만을 하고 싶어지기 때문인지 모르겠다. 그렇지만 「야간 비행」을 쓰지 못하게 되었더라도, 『나이트 사커』가 세상에 나오지 못했더라도, 아마 그가 이 세상에 살아 있는 편이 내게는 더 나았을 것이다.

죽음 연습

요가 시퀀스의 마지막은 언제나 송장 자세, 사바아사나이다. 가쁜 숨을 고르며 매트 위에 눕는다. 관자놀이와 목덜미로 흘러내리는 땀방울이 느껴진다. 눈을 감고 몸에 남은 힘을 뺀다. 선생님은 사바아사나를 '죽음 연습'이라 말하곤 했다.

언제부터인가 사바아사나 중에 우는 날이 많아졌다. 너무 수고하셨어요, 이제 푹 쉬세요. 말하는 요가 선생님의 목소리가 죽음 직전의 나에게 누군가 들려주는 말 같아서 누운 채로 눈물이 흘러내렸다.

♪

유성우가 내린다는 예보가 있었던 겨울의 어느 밤이었다. 별 보러 갈까? 가족 중 한 명이 말을 꺼냈고 다 함께 차를 타고 뒷산으로 갔다. 어딜 가도 나무가 울창해서 하늘이 잘 보이지 않았다. 산을 오르고 오르다 문 닫은 한식당의 주차장에 차를 세웠다. 식당 건물은 몹시 낡아 있었지만 주변이 빈터라 하늘이 잘 보였다.

엄마는 유성 사진을 찍겠다며 하늘을 향해 고개를 꺾고 카메라 뷰파인더에 눈을 갖다 대고 있었다. 동생과 나도 하늘을 올려다보았다. 어, 저기 있다. 저기 쏟아진다. 한 명씩 번갈아 가며 말했지만, 말이 끝난 뒤에는 이미 유성이 모두 떨어진 뒤였다. 우리는 그렇게 각자의 유성을 보고 집으로 돌아왔다.

)

학교에서 단체로 중국 여행을 갔다. 한여름이었다. 선생님들은 자금성을 탈진할 때까지 돌아다니게 했다. 그 큰 성의 내부에는 편의점이나 마실 것을 파는 작은 가게 하나 없었다. 뙤약볕과 악취 속에서 몇 시간을 걷느라 속옷까지 땀으로 젖고 목과 혀가 갈라져 말이 제대로 나오지 않을 지경에 이르러서야 물과 음료수를 파는 노점상을 발견했다.

백 원도 안 되는 값을 지불하고 구입한 생수는 조악한 플라스틱 병에 담겨 있었는데, 플라스틱이 너무 얇고 힘이 없어서 도무지 뚜껑을 열 수가 없었다. 손은 땀에 젖어 미끄러웠다. 몇 번이나 티셔츠에 손바닥을 닦아내고 생수병의 목을 잡고 뚜껑을 비틀고 나서야 열 수 있었다. 거의 눈이 뒤집혀서 물을 들이키다가 손이 쓰려 보니 엄지와 검지 사이가 찢어져 피범벅이 되어 있었다.

)

친구가 입원한 병동에는 젊은 사람들이 많았다. 어린아이들이 환자복을 입고 복도에 설치된 컴퓨터를 하거나 이곳저곳 병실을 돌아다녔다.

'암병원'이라는 말이 무시무시했는데 병원은 밝고 쾌적했다. 친구는 다행히 암이 아니라고 했다. 친구의 몸속에 자라난 세포 덩어리에는 단백질이 뭉쳐 있고 표면에 머리카락 같은 털이 자라고 있었다고 했다. 길쭉한 모양일 것이라 상상했던 혹이 순간 태아의 모습으로 연상되었다. 큰 수술을 마치고 얼굴이 수척하게 부어 있던 친구는 무엇보다 머리를 감고 싶다고 했다.

그날 밤 꾸었던 꿈에서는 크고 흉측한 벌레가 밥그릇 안을 기어 다니고 있었다. 벌레를 무서워하는 편이 아닌데 꿈에서는 징그럽고 두려워서 눈을 가리고 한참 동안 비명을 질렀다. 주변 사람들은 아무도 무서워하지 않는 것 같았고 벌레가 아니라 비명을 지르는 나를 보고 있었다. 그들은 나를 가리키며 웃었던 것 같기도 하고 놀렸던 것 같기도 했다.

용기를 내 들여다본 벌레는 검은 바탕에 노랑과 초록이 섞여 광태가 났다. 바퀴벌레 같기도 하고 사슴벌레 같기도 했다. 벌레는 밥그릇 안에서 작고 검은 눈으로 나를 올려다보고 있었다. 잠에서 깨어나 외출 준비를 하는 동안에도 벌레의 형상이 눈앞을 떠나지 않았다.

ゞ

락스 위로 야자나무 그림자가 일렁거렸다. 그 속에서 친구의 손을 잡고 수영을 시켜주었다. 물은 따뜻하고 부드러웠고 세상은 온통 밝았다.

그다음에는 우연히 발 디딘 광안리 해변 하늘에 커다랗게 떠 있던 무지개가, 속초 바닷물 속에서 첨벙거리며 놀던 몇 년 전 여름의 친구들이 떠올랐다.

ゞ

정말 죽기 직전 같구나, 살아 있던 건 참 좋았구나, 생각하는 순간 천천히 몸을 깨우라는, 손발을 꼼지락거리라는 선생님의 목소리가 들려왔다. 검은색 요가 매트 위에 땀과 눈물로 범벅이 된 내가 누워 있었다.

K에게

유독 크리스마스를 좋아하던 K야
오늘은 크리스마스이브야
나는 재즈 캐롤이 흘러나오는
스타벅스 구석에 앉아 있어
요즘 확진자가 많아져 난리인데
여기나 어디나 사람이 바글바글해
연말 표정이란 게 있을까
찬바람을 맞아 빨갛게 언 볼과 조금 들뜬 얼굴들이
왜 이렇게 매년 다들 비슷해 보이는지 모르겠다
너는 뭘 하고 보냈니
원고 마감일은 어제였는데
대충 써두었던 초고는 지워버리고
너에게 편지를 쓴다

유치원 때 성탄절 재롱잔치 같은 걸 했었거든
춤을 추고 노래를 부르고 동시를 낭송하다가
마지막 공연으로는 언제나 단체 합주를 했어
선생님이 피아노를 치고 누구는 북을 치고

누구는 탬버린 트라이앵글 심벌즈

말라서 팔 힘도 약하고 딱히 할 줄 아는 것도 없던

나는 캐스터네츠 담당이었는데

캐스터네츠가 맞나 캐스터내츠인가 냇츠인가

헷갈린다 아무튼 캐스터네츠를 치는 아이들은

나까지 대여섯 명이었는데

이상하게 매 연습마다 내게 오는 캐스터네츠는

이가 빠져 있거나

두 짝을 연결하는 끈이 끊어져 있어

잘 쳐지지 않았어

다른 친구들은 양손에 하나씩 쥐고

짝짝거리며 잘도 치던데

나는 꼭 한 군데는 망가진 캐스터네츠를 잡고 서서

피아노가 나오고 트라이앵글이 나오고

이제 캐스터네츠 차례가 될 때까지

자리에 서서 어쩔 줄 몰라 했어

캐스터네츠를 제대로 손에 쥐기도 힘들었는데

어쨌든 연주는 따라가야 했고

망가진 캐스터네츠를 떨어뜨리지 않고 치느라

어떻게든 이를 맞추어 소리를 내게 하려고 애를 쓰느라

손에는 쥐가 나고, 캐스터네츠가 자꾸

손가락을 물어서 피멍이 들고